KB238458

나는 최운산이다

1판 1쇄 인쇄 | 2026년 2월 24일
1판 1쇄 발행 | 2026년 3월 3일

지 은 이 | 오세훈
펴 낸 이 | 천봉재
펴 낸 곳 | 일송북

주   소 | 서울시 성북구 성북로 4길 27-19
전   화 | 02-2299-1290~1
팩   스 | 02-2299-1292
이 메 일 | minato3@hanmail.net
홈페이지 | www.ilsongbook.com
등   록 | 1998.8.13(제 303-3030000251002006000049호)

ⓒ오세훈 2026
ISBN 978-89-5732-363-2(03800)
값 14,800원

독립운동에 천문학적 재산헌납

나는 최윤신이다

오세훈 지음

일송북

2천만 겨레의 한을 되갚았던 봉오동의 승전보, 나 최운산이 밝히는 봉오동 전투의 진실!

"나는 독립군 전원에게 총포화기와 식의주(食衣住), 그 일체의 비용을 위해서 전 재산을 내놓았다."

- 최운산이 독자에게 -

한국을 만든 인물 500인을 선정하면서

일송북은 한국을 만든 인물 5백 명에 관한 책들(5백 권)의 출간을 기획하여 차례대로 펴내고 있습니다. 이는 긍정적이든 부정적이든 우리 역사에 뚜렷한 족적을 남긴 인물들의 시대와 사회를 살아가는 삶을 들여다보고 반성하며, 지금 우리 시대와 각자의 삶을 더욱 바람직하게 이끌기 위해서입니다. 아울러 한국인의 정체성은 무엇인가를 폭넓고 심도 있게 탐구하는, 출판 사상 최고·최대의 한국 대표 인물 콘텐츠의 보고(寶庫)가 될 것입니다.

한국 인물 500인의 제목은 「나는 누구다」로 통일했습니다. '누구'에는 한 인물의 이름이 들어갑니다. 한 인물의 삶과 시대의 정수를 독자 여러분께 인상적·효율적으로 전할 것입니다. 무엇보다 지금 왜 이 인물을 읽어야 하는가에 충분히 답해 나갈 것입니다.

이번 한국 인물 500인 선정을 위해 일송북에서는 역사, 사회, 문화, 정치, 경제, 국방, 언론, 출판 등 각 분야의 전문가들로 선정위원회를 구성했습니다. 선정위원회에서는 단군시대 너머의 신화와 전설쯤으로 전해오는 아득한 상고대부터, 아직도 우리 기억에 생생한 20세기 최근세까지의 인물들과 그 시대들에 정통한 필자를 선정하고 있습니다.

우리는 지금 최첨단 문명시대를 살고 있습니다. 인터넷으로 실시간 글로벌시대를 살고 있으며 인공지능 AI의 급속한 발달로 인간의 정체성마저 흔들리고 있음을 절감하고 있습니다.

이러한 때일수록 인간의, 한국인의 정체성이 더욱 절실히 요구되고 있습니다. 그 정체성은 개인과 나라의 편협한 개인주의나 국수주의는 물론 아닐 것입니다. 보수와

진보 성향을 아우르는 한국 인물 500인은 해당 인물의 육성으로 인간 개인의 생생한 정체성은 물론 세계와 첨단 문명시대에서도 끈질기게 이끌어나갈 반만년 한국인의 정체성, 그 본질과 뚝심을 들려줄 것입니다.

차 례

어느 날 지인으로부터 『최운산-봉오동의 기억』이라는 책을 받았다. '봉오동 독립전쟁 100주년: 숨겨진 어느 장군의 이야기'라는 부제가 붙어 있었다. 장군의 존함을 들어본 적 없었다. 항일 무장투쟁 독립운동사의 큰 이름들이자 불멸의 스타인 '봉오동 홍범도', '청산리 김좌진'이 떠올랐다. 그런데 최운산은 또 누구지?

원로 언론인으로, 독립기념관장을 지낸 김삼웅 선생의 추천사가 들어 있었다. "역사와 가족사를 씨줄과 날줄로 엮은 봉오동대첩 실기(實記). 최운산 형제들의 숨은 공적이 지대했지만, 그동안 역사에서는 묻히고 연구자들은 건너뛰었다." 관련 분야의 논문 몇 편을 읽어 보았다. 이제는 나도 선생과 같은 생각이다.

『나는 최운산이다』는 북간도 항일 무장투쟁사, 특히 봉오동전투의 주인공은 최운산이라는 사실을 입증하려고 쓴 기록이다. 지금까지 그 진실이 다르게 전해졌다. 누군가가 착오로, 또는 거칠게 뒤틀거나 배제하거나, 의미와 가치를 약화시킨 흔적들을 찾아내어 그 조각들을 힘들게 맞추어 보았다. 북한, 중국, 일본, 러시아 등 주변국들의 문서 창고 어딘가에 처박혀 있을 연관 사료가 추가로 발굴되어야 한다.

독립운동사 연구자 신주백 박사는 '봉오동전투'에 관하여 두 가지 중요한 문제점을 지적했다.

첫째, 그는 자신의 논문「석고화한 기억의 재구성과 봉오동전투의 배경」에서 "기존의 선행연구들이 보여주는 균질화되고 획일적인 해석—즉, 이미 굳어져 변하지 않는, ‘석고화된 기억’—만으로는 그 전쟁이 왜 하필 그 시점에, 그곳에서 일어났는가를 설명하는 데 한계가 있다.”라고 주장했다.

둘째, 그는 「기억의 유동과 봉오동전투」라는 논문에서, 1920년 11월 2일 자 임시정부 군무부의 봉오동전투에 관한 발표 원문과, 2개월 후 나온 1921년 1월 1일 자 독립신문의 ‘과거 1년간 우리의 독립운동’이라는 기사를 비교한 후, 봉오동전투 부분의 서술이 달라졌음을 지적했다.

그렇다. 『나는 최운산이다』는 ‘석고화한 기억’에 대한 이견과 문제의식, 그 근거가 되는 유력한 증인들과 묵직한 증언들, 이 나라 사람들의 대부분은 모르고 있는 한 특별한 개인과 그 집안이 우리 민족에게 무상으로 주었던 큰 사랑, 그리고 그 상상을 초월하는, 일말의 과장도 없이 ‘초인적인’ 독립운동가의 삶을 기록한 책이다.

３·１독립만세운동(1919년)은 지옥의 만행이 극한으로
누적되다가 끝내 터져버린 활화산이었다. 1년 뒤, 북간도
봉오동에서 2천만 민족의 가슴을 뛰게 하는 낭보가 날아
왔다. 1920년 6월 7일. 봉오동 독립전쟁! 우리 독립군이
일제의 정규군을 압도적으로 물리친 것이다. 깊이 우울
하고 짙게 구슬픈 민족에게 희망의 조명탄이었다.

현재의 가치로 몇천억 원쯤 되는 큰 재산을 민족의 제
단에 바친 위대한 선조들 네 분과 그 집안이 있었다. 그 특
별한 조상들은 한성 출신의 우당 이회영(1867~1932)家,
안동 출신의 석주 이상룡(1858~1932)家, 구미 출신의 왕
산 허위(1854~1908)家였다. 영원히 빛날 창공의 성좌들
이었다. 같은 시기에, 만주에는 최운산(1885~1945)家가
있었다.

최운산은 서른 살 전후에 '만주 갑부'로 불렸다. 임시정
부가 수립되자, '대한군무도독부'를 창설했다. 임시정부
가 인정한 최초의 정규군, 즉 대한민국 1호 국군부대다.

봉오동전투가 벌어지기 한 달 전, 이 군무도독부(일명 최운산 부대)가 북간도 독립운동 단체들을 통합하여 거대군단 대한북로독군부를 창설했다. 통합에 참여한 10개 대중소 참전 부대의 완전무장, 의식주(衣食住)에 들어가는 모든 비용을 최운산이 대는 조건이었다. 봉오동전투는 이 '대한북로독군부'가 치른 전쟁이었다.

중국군 고위 장교였던 형 최진동은 사령관직을 수락했다. 본인은 참모장으로 모든 일을 총괄했다. 당시 최운산은 여덟 개의 이름을 쓰며 수시로 변장하고 움직이는 인물이었다. 우리가 오늘날, 북간도 독립운동사에서 최운산의 이름을 보기 힘든 이유는 그의 공적(功績)들이 대부분 최진동의 이름으로 남아 있기 때문이다.

『나는 최운산이다』는 2025년 12월 3일, 윤석열이 계엄을 선포하고 내란을 일으키자 그 망동을 비폭력 저항으로 좌절시켰던 '빛의 혁명'의 주역들과 100년 전, 저 북간도 항일 무장투쟁의 주인공들을 잇는 역사의 교량이다.

100년을 잇는 이 '시간의 다리'를 건너면서 그윽한 감동과 기쁨, 뿌듯한 자부심을 느끼는 독자가 많이 생겼으면 좋겠다.

의왕 청계산 자락에서

오세훈

1부

제1장 '기억의 석고화'

그 의미와 가치

'기억의 석고화'는 한국 근현대사, 특히 만주 독립운동사 연구에서 반복되어 온 획일적·평면적 기억의 경향을 비판하며, 역사적 사건과 공간을 재해석할 필요성을 강조하는 개념이다, 1919년과 1920년은 북간도(동만주)라는 지역의 지정학적 비중이 특별한 시기였다.

항일 무장투쟁의 대표적인 현장이었던 북간도의 면적은 남한 면적의 두 배, 만주 전체 면적은 한반도의 여덟 배다. 봉오동전투는 그처럼 광활하고 입체적인 지형 조건을 갖춘 동만주의 한 특별한 지역에서 벌어진 전쟁이었다. 피아(彼我)의 전략과 전력, 교전의 내용과 결과는 당연히 다채롭고 역동적일 수밖에 없었다.

신주백 박사는 선행연구들이 독립운동의 현장인 북간도의 공간과 내적 편차를 무시한 채, 평면적이고 단일한 활동 무대로 규정하고 서술한 점을 지적한다. "기존의 연구 경향을 '석고화된 기억'이라고 부르겠다"라고 선언한 것으로 보아, 이 용어는 학계에서 신 박사가 최초로 사용한 것 같다.

'석고화'란 한번 굳어진 뒤 고정되고 변화가 불가능해진 상태를 비유한 것이다. 역사 인식에서 이는 특정 시공간에서의 운동을 다층적이고 역동적으로 파악하는 것을 저해한다. 균질·획일적인 기억으로 재단하여 해석하게 만든다. '동만주'(북간도) 전체를 넓은 평면으로 간주하고, 각종 공공문서, 중고등학교 교과서는 물론, 전문가들의 연구 경향까지 획일화되어 있는 현상을 그는 '석고화된 기억'이라고 명명했다.

그는 한 세미나에서 논문 발표를 마치며, 다음과 같은 글을 남겼다.

"발표문을 작성하는 과정에서 느낀 점의 하나를 짧게 말하며 맺음말에 대신하겠다. 모두가 '그렇다'고 말한 역사, 신화화되어 누구도 쉽게 도전할 수 없는 기억도 다시 볼 필요가 있다. 더구나 사회화한 공식 기억에 도전할 때는 사회적 압력을 직간접으로 느낄 수밖에 없다. 이를 넘어서는 방식의 하나는 어떻게 기억되어 왔는가를 검토하는 접근일 것이다. 그러면 무엇이, 왜 비틀어져 석고화되어 왔는가를 알 수 있기 때문이다." 의미심장하다. 『나는 최운산이다』는 '석고화된 기억의 재구성' 작업이다.

'봉오동전투'에 관한 임정 군무부 발표 원문

이 문헌은 100년 전에 작성, 발표(1920년 11월 2일)되어, 그 내용이 1920년 12월 25일 자『독립신문』에 전재되었다. 봉오동전투에 관하여 가장 정확하고 권위 있는 기록이다. 연구자들은 지금까지 이 기록을 기본 텍스트로 인용하며 글을 써왔다. 한자어에 익숙하지 않은 중고생과 젊은 독자들을 위하여 한자 표기마다 괄호 안에 우리말을 병기했다. 참고로, 1921년 1월 1일 자 독립신문의 '과거 1년간 우리의 독립운동'이라는 기사를 첨부했다.

"一. 戰鬪前 彼我의 形勢(전투전 피아의 형세)

敵(적)은 鳳梧洞(봉오동)을 我軍(아군)의 策源地(책원지)라 하야 包圍攻擊(포위공격)을 하려 하고, 敵의 步兵 約(약) 1大隊(대대)는 步兵(보병)을 先頭(선두)로 하야 高麗領 方面(고려령 방면)으로 前進中(전진 중)이며 따라서 我軍(아군)은 作戰計劃(작전계획)을 如左(여좌)히 하다.

第1聯隊(제1연대)를 鳳梧洞 上村附近(봉오동 상촌 부근)에 在(재)한 練兵場(연병장)에 集合(집합)하고 作戰命令(작전명령)을 下(하)하야 各部隊(각부대)의 戰鬪區域(전투구역) 及其任務(급기임무)를 定(정)할새, 第一中

隊長 李千五(제1중대장 이천오)는 部下中隊(부하중대)를 引率(인솔)하고 鳳梧洞 上村(봉오동 상촌) 西北端(서북단)에, 第二中隊長 姜尙模(제2중대장 강상모)는 東山(동산)에, 第三中隊長 姜時範(제3중대장 강시범)은 北山(북산)에, 第四中隊長 曹權植(제4중대장 조권식)은 西山南端(서산남단)에, 聯隊長 洪範圖(연대장 홍범도)는 2個中隊(2개 중대)를 引率(인솔)하고 西山中北端(서산중북단)에 占位(점위)하고, 各其(각기) 嚴密(엄밀)한 戰備(전비)를 하였다가, 敵(적)이 來到(내도)할 時(시)에 其前衛(기전위)를 洞口(동구)에 通過(통과)케 하고, 聯隊附將校(연대부장교) 李園(이원)은 本府及殘餘中隊(본부 및 잔여 중대)를 領率(영솔)하고 西北山間(서북산간)에 占位(점위)하야 兵力增員(병력 증원)과 彈藥補充糧餉給養(탄약 보충양향급양)에 任(임)케 하고, 特(특)히 第二中隊 三小隊 第一分隊長 李化日(제2중대 3소대 제1분대장 이화일)로 其部下(기부하) 1分隊(분대)를 引率(인솔)하고 高麗領北便(고려령북편) 約 一千二百米突(약 일천이백미터)되는 高地(고지)와 其東北便(기동북편) 村落前端(촌락전

단)에 若干兵員(약간병원)을 分(분)하야 潛伏(잠복)하엿다가 敵(적)이 來到(내도)하거던 **하야 前進(전진)을 ..滯(..체)케 하다가 鳳梧洞方面(봉오동 방면)으로 佯敗退却(양패퇴각)케 하고 司令官 崔振東(사령관 최진동) 副官 安武(부관 안무)는 東北山西間 最高峰 獨立樹下(동북산 서간 최고봉 독립수하)에 在(재)하야 指揮(지휘)케 한다.

*양패퇴각(佯敗退却)은 일부러 후퇴하는 것처럼 물러남으로써 적군을 속여 일망타진하는 전술이다.

二. 戰鬪의 狀況(전투의 상황)

敵(적)의 步兵大隊(보병대대)는 步兵(보병)을 先頭(선두)로 한 縱隊(종대)가 七月七日(칠월칠일) 午前(오전) 六時 三十分(여섯시 삼십분)에 高麗領西便(고려령서편) 約 一千五百米突地(약 일천오백미터 지역)에 到着(도착)되다....敵(적)은 琵琶洞(비파동)을 經(경)하야 柔遠鎭 對岸(유원진 대안)으로 退却(퇴각)하야 其隊(기대)를 整頓(정돈)하여 가지고, 다시 同日(동일) 午前(오전) 十一時 三十分(11시 30분)에 同地(동지)를 出發(출발)하야 鳳梧洞

(봉오동)을 向(향)하고 前進(전진)할새, 同日 午後 約 一時(동일 오후 약 1시)에 敵(적)의 尖兵(첨병)은 鳳梧洞 上村(봉오동 상촌)에 到着(도착)됨에 我軍(아군)은 더욱 隱蔽(은폐)하야 潛伏不動(잠복부동)하니, 敵(적)의 前衛(전위)가 通過(통과)하고 其後(기후)에 敵(적)의 本隊(본대)가 我軍潛伏(아군잠복)한 三面 包圍中(삼면 포위중)에 入(입)하는지라. 此際(차제)에 司令官의 指揮號令(사령관의 지휘호령)에 依(의)하야 猛烈(맹렬)한 急射擊(급사격)을 하니 敵(적)은 罔知所措(망지소조)하며 死者 死傷者(사자 사상자) 倒(도)하며, 生者 混亂(생자혼란)하야 四散奔走(사산분주)할새, 第二中隊長 姜尙模(제2중대장 강상모)는 其部下(기부하)를 引率(인솔)하고 猛烈追擊(맹렬추격)하야 敵軍 百餘名(적군백여명)을 射殺(사살)하고 其地點(기지점)에 部下中隊(부하중대)를 潛伏(잠복)하였다가, 敵(적)의 應援隊(응원대)가 來到(내도)할 際(제)에 若干發(약간발)의 射擊(사격)을 하다가 巧妙(교묘)히 潛退(잠퇴)하니 兩路(양로)를 進(진)하던 敵(적)은 서로 亂射(난사)하야 敵火(적화)로 敵(적)을 射殺(사살)케 하

다. 大敗(대패)한 敵軍若干(적군약간)은 穩城 柔遠鎭 對岸(온성 유원진 대안)을 向(향)하야 退却(퇴각)하다.”

*七月七日(칠월칠일)은 6월 7일의 誤記(오기). 망지소조(罔知所措)는 예기치 않은 공격을 받고 갈팡질팡 어찌할 바를 모르는 오합지졸의 모습. 사산분주(四散奔走)는 사방으로 재빨리 도망쳤다는 것을, 잠퇴(潛退)는 드러나지 않게 조용히 물러남을 각각 뜻한다.

봉오동전투는 위와 같이 홍범도의 제1연대 소속 두 중대가 담당하는 지점이 정해져 있었고, 일본군이 상촌까지 올라와 사정권에 들어오자, 사령관 최진동의 신호를 시작으로 일제히 급작스레 사격을 퍼부어 승리한 전투였다. 그리고 2중대장 강상모와 그 부하들이 마무리했다. 이 문헌의 대표적인 특징은 한 문장이 길고 거칠지만, 정확하고 치밀하여 허술함을 발견할 수가 없다는 점이다.

‘과거 1년간 우리의 독립운동’『독립신문』1921년 1월 1

일자)

 "元年年末(원년연말)부터 北墾島(북간도)에 駐屯(주둔)한 我獨立軍(우리 독립군)이 敵兵(적병)으로 더부러 屢次 交戰(누차 교전)이 間有(간유)하던 바, 六月七日(유월칠일)에는 洪範圖(홍범도) 崔明錄(최명록) 兩將軍(양장군)이 七百義軍(칠백의군)을 솔(率)하야 三屯子(삼둔자)에서 倭兵 一百五十七名(왜병 일백오십칠명)을 擊殺(격살)하고, 二百餘名(이백여 명)을 重傷(중상)한 후 小銃(소총) 一百六十餘挺(소총 일백육십여정), 機關銃 三門(기관총 삼문), 手銃(수총) 여러슬 獲得(획득)하다.

 *임시정부가 수립된 1919년을 원년이라고 한다. 元年年末(원년연말)은 1919년 12월 말을 뜻한다.

 秋七月(추칠월)에 聯隊長 洪範圖 金佐鎭 崔明錄(연대장 홍범도 김좌진 최명록)이 部下兵(부하병)을 率(솔)하고 봉오동(鳳梧洞)에서 倭兵 百五十七名을 殲滅(왜병 백오십칠명 섬멸)하다.

冬十月(동십월)에 琿春事件(훈춘사건)으로 敵(적)이 多衆의 軍隊(다중 군대)를 北墾島(북간도)에 出(출)하야 靑山里附近(청산리부근)으로 來(내)하는지라 洪範圖 金佐鎭 崔振東(홍범도 김좌진 최진동) 三將軍(삼장군)이 激戰(격전)하야 倭兵 六百餘名을 射殺(왜병 육백여 명 사살)하다."

이 기사는 삼둔자전투, 봉오동전투, 청산리전투의 순으로 그 전과(戰果)를 위주로 한두 줄씩 짧게 기사화했다. 문장과 내용 모두 두 달 전(1920. 11. 2.)의 군무부 발표 원문과 다르고 또 부실하다. 초반에 나오는 "洪範圖 崔明錄 兩將軍(홍범도, 최명록, 양장군)이 三屯子에서 倭兵 一百五十七名을 擊殺(삼둔자에서 왜병 백오십칠 명 격살)하고"와, "秋七月(추칠월)에 연대장 홍범도 김좌진 최명록이 부하병을 솔하고 봉오동에서 왜병 백오십칠 명을 섬멸하다"라는 두 문장에서, 사살한 적병의 숫자가 157명으로 동일하다.

　그리고 여러 곳에 오기(誤記)가 있다. 삼둔자전투는 6월 7일이 아니라 6월 4일에 벌인 싸움으로, 봉오동전투의 전초전이었다. 그 사흘 뒤인 6월 7일, 봉오동전투가 벌어졌다. 그런데 한 달 뒤인 秋七月(추칠월)로 서술되었다. 그뿐 아니라 최명록과 최진동은 같은 사람인데, 기자는 이명동인(異名同人)'임을 언급하지 않았다. 새해 첫날, 다수의 독자가 읽거나 구전되어 머지않아 온겨레가 알게 될 독립신문 보도 내용이 이토록 짧고 성의 없이 작성된 것은 이해하기 어렵다.

제2장 김성녀 여사의 진정서

최운산의 부인 김성녀(1893~1975)는 지난 1969년, 정부에 봉오동전투의 역사를 바로잡아달라는 진정서를 제출했다. 나는 이 문서 전문을 읽고 나서 '봉오동史'는 후손들의 주장이 옳다고 판단했다. 두 손녀(최운산 장군 기념사업회 상임이사 최성주, 사업회 연구이사 최은주)는 1년 내내 열심히 사료를 찾고 연구하며 글 쓰고 강의한다.

지난 1961년, 5·16 정부가 최운산 장군과 김성녀 여사의 장남 최봉우에게 선친의 서훈을 신청하라고 연락했다. 부산에서 서울로 오는 일이 요즘처럼 쉽지 않을 때였다. 아들은 너무나 당연하게 '군사정권이 뭘 제대로 하려는가보다'라고 기대하며 상경했다. 그런데 놀랍게도 담당 공무원이 '봉투'를 요구했다. 피가 역류하는 느낌이었다. 그 나쁜 공직자는 당시 군사원호청이 들어 있던 건물 1층 바닥에 나동그라졌다. 그 후 서훈이 된 것은 장장 16년 뒤였다. 그것도 겨우 '쪼가리 증거'만 제시해도 인정하는 등급이었다. 보복이고 모욕이었다.

만주군 장교 출신인 박정희는 군사 쿠데타로 집권한 권력의 정통성을 높일 목적으로 독립운동가들에 대한 서훈을 서둘렀다. 그 엄정해야 할 중대 과제 수행 초기에, 이 '뇌물 요구 사건'은 만주 일대를 돌며 라이터, 담배, 아편, 장갑, 고무신 따위의 잡화를 팔던 장사치들, 밀정과 매국노들 가운데 적지 않은 인원이 독립운동가로 이름을 올렸을 것이라는 합리적 의심을 하도록 만든다.

독립운동사 연구자들은 봉오동전투와 북간도 무장투쟁의 실제 역사가 기존의 기록과 많이 다르다는 것과 특히 최운산 장군의 역할이 새롭게 드러나는 것에 대해 "후손들이 하는 얘기를 어떻게 그대로 다 믿는가?"라며 경시하거나 외면하는 것 같다. 어느 시대, 어떤 인물에 대해서도, 새로운 사료가 나오면 당연히 과거의 기록은 소폭이든 대폭이든 손을 봐야 하고, 얼마든지 다시 쓸 수 있어야 한다.

반병률 교수는 독립운동사 연구자로 권위가 높다. 그가 말했다. "학자들의 연구와 후손들의 기억이 일치하지 않을 때가 많았지만, 오랜 시간이 흐른 뒤 살펴보면, 가족들의 주장이 사실로 밝혀지는 경우가 많았다. 학계는 김성녀 여사의 기록을 무시하지 않아야 한다." 이는 당연한 주장이다.

김성녀 여사 진정서 전문

"본인은 독군부 총사령관 최진동의 제수이며, 도독부와 독군부의 창설자이며 참모장으로서 모든 군자금을 맡아 조달하였으며, 일생을 독립운동에 헌신한, 최진동 장군의 친제(親弟)인 최운산(일명 '萬益')의 미망인이며, 도

독부와 독군부의 지략가이며 작전참모였고, 최진동 장군
과 최운산의 친제인 최치홍(일명 명순)의 형수 되는 사람
입니다.

  3형제가 혼연일체가 되어 도독부와 독군부를 창설하
여, 일생을 독립운동에 헌신하시다가 작고한 분들의 공
적이 사록(史錄)에 누락·오기된 사정을 시정코자 하옵니
다. 물론 독립운동한 것은 개인의 명예욕에서 한 것은 결
코 아닙니다. 본인은 국민과 후손들에게 최진동 삼 형제
의 혁혁한 독립투쟁사를 사실대로 명백히 밝히고자 아래
와 같은 내용의 진정서를 제출하나이다.

  최진동 장군은 1963년 3월 1일에 독립유공훈장 단장(單
章, 제374호)을 수여받았음. 최진동 장군의 공적은 국사
편찬위원회에서 발행한 『한국독립운동사』 제3권 및 제4
권에서만도 수십 페이지에 달하도록 공적이 수록되어 있
으나, 수하에서 독립운동을 하신 분들이 복장(複章)이나
중장(重章)을 받고 있기에 사실을 공명코자 하오며, 모든

공적을 사실과 동일하게 남기고자 하오며 품격의 승격도 원하는 바입니다.

최운산(일명 문무, 만익)은 1961년 공적심사위원회에서 대통령 포장(褒章)으로 결정되었다고 총무처로부터 통보받은 사실이 있으며, 1968년 2월 12일 공적심사위원회에서 다시 심사하여 보류되었으며, 1969년 12월 17일에 총무처에 사료를 보완하여 제출하였습니다. 공적(功績)으로는 국사편찬위원회 발행 『한국 독립운동사』 제3권 및 제4권과 공보처 발행 『무장 독립운동 비사』 및 『대지의 성좌』 제1부 '망명지대'와 애국동지회 발행 『한국독립사』에 기록되어 있습니다. 최치흥은 『한국독립운동사』(애국동지회 발행) 및 『한국독립운동사』 제3권, 제4권(국사편찬위원회 발행)에 수록된 것처럼 일생을 독립운동에 헌신한 독립투사입니다.

이와 같이 최진동 장군을 위시하여 3형제가 혼연일체가 되어 조국의 광복을 위해 일생을 헌신하시다가 작고하

셨는데, 조국 광복을 맞아 독립운동 당시 하급 지휘관 및 졸병으로서 생존한 독립인사가 자신의 공적을 과대선전하기 위하여 허무맹랑한 사실과 왜곡되고 과장된 조작 사실로 인하여 독립운동사에 오점을 남겼으며, 일생을 독립운동과 조국 광복을 위해서 생명과 재산을 총투입하여 투쟁하였으나, 공적이 사록에 뒤바뀌어 수록되어 있기에 반드시 사학가들에 의하여 사실이 입증되리라 보며, 독립운동을 하시고 생존해 계시는 분들의 양심에 호소코자 합니다.

1. 북간도 지역에는 많은 독립운동 단체가 있었으나, 그 단체들이 왜 통합해야만 했으며, 통합 후에는 누가 총사령관에 취임했으며, 통합 후에는 누가 자금을 지원하였는가요?

2. 북간도 지역에서 독립운동 당시 누가 거처와 모든 장비 및 피복, 식량과 모든 군자금을 제공하였는지요?

3. 일본군에서 독립군의 근거지라 하는 왕청현 봉오동 일대와 서대파는 누구의 소유였는가요?

4. 도독부, 독군부에서 자금을 마련하여 서대파에 군정서 겸 군사교련소를 창설한 사실을 알고 계시는지, 그리고 창설 당시 자금은 누가 조달하였는지요?

5. 한국에서 만주로 독립운동을 위하여 입마(入滿, 만주로 들어옴)하신 분 중에 누가 자금을 가지고 들어가셨던가요? 유일한 분으로서는 이시영 선생(임시정부 제2대 부통령)이시며, 그 외에는 북만주에 거주하시는 교민들의 도움으로 지탱하였고, 그 외의 자금은 누가 지원하였던가요?

본인은 이상과 같은 사실의 진부(眞否)를 가려서 한국 독립운동사의 오점을 시정하고, 일생 독립운동에 헌신하시다가 작고하신 최진동 장군 삼 형제의 명예를 위하여 흑백을 가려서 모든 역사의 산 증거에 의하여 사실대로 밝히고자 하여, 여러 사학가(史學家) 제씨들에게 호소하며, 이에 제출하나이다."

"질문이 정답이다"

김성녀 여사는 이렇게 북간도 독립운동의 역사를 바로 잡겠다는 다부진 결심을 하고 움직였으나, 뜻을 이루지 못하고 1975년 3월에 세상을 떠났다. 최운산 장군에 대한 서훈은 1977년에서야 대통령 표창 등급으로 확정되었다. 이 엄청난 문서가 발견되었지만, 독립운동사 연구자들은 외면했다.

김성녀 여사는 1969년 서훈 신청서에 "한국독립운동사에 있어서 가장 그 규모가 컸고 혁혁한 전과를 올린 봉오동전투를 비롯하여 우수리전투 등 빛나는 사적(史籍)이 있음에도 불구하고 수상자는 2명뿐이라는 데 유의하기 바라며, 수상자 1명은 최진동 장군이고, 나머지 1명인 이동춘(李同春, 1872~1940)은 최운산의 영솔하에 있었다"라고 밝히고 있다. 그는 1990년에 애국장으로 서훈되었다.

공무원들도 격무에 시달리다 보면 시행착오를 범할 수

있다. 하지만 과오가 있었음을 알게 되면 근거를 첨부하여 시정하면 된다. 그런데 아무런 변화가 없다. 아직도 그대로다.

김성녀 여사는 계속해서 주장한다. "총사령관 최진동 장군의 훈격(勳格)이 공적에 비하여 낮게 정해졌다. 더구나 함께 싸웠던 부하들보다 수품(受品)이 낮다." 그리고 대한민국의 첫 군대인 대한군무도독부, 통합 부대인 대한북로독군부의 창설자가 최운산 장군이라고 적시하며, 최씨 삼 형제의 업적이 밝혀지고, 서훈이 제대로 이루어져야 한다고 강조했다.

한편, 김성녀 여사에 따르면, 봉오동전투는 지금까지 알려진 것과는 그 규모가 비교가 되지 않을 정도로 큰 대첩이었다고 한다. 그는 학자들이 관련 사료를 찾아 역사를 다시 쓰기를 바란다는 소망을 피력했다. 김성녀 여사는 최운산 장군의 부인으로, 동지로, 그리고 전우로 함께 하면서, 봉오동 신한촌과 봉오동전투, 청산리전투 등과 연관된 수많은 사건과 사연, 그리고 인물들에 대한 거의 모든 정보를 가장 정확하게 알고 있었다.

이 문헌은 단순히 억울함을 호소하거나, 공치사하는 문서가 아니다. 최운산 장군의 특별한 우국충정과 숭고한 헌신, 그리고 그 고결한 정신이 통합을 이끌었고, 세계 최강 일본 육군과 싸워서 이겼다는 사실에 대한 생생한 증거다. 그 위대한 역사를 압축한 소중한 사료다.

증인과 증언

우리 항일 무장투쟁사에서, 봉오동전투와 관련하여 민족해방투쟁을 대표하는 증인들과 그들의 명명백백한 증언들이 사료로서 남아 있다는 것은 참으로 다행이다. 큰 지도자들의 어록들을 엄선한다. 진정서 내용과 비교하면 그 뜻이 더욱 뚜렷해진다.

이강훈 선생의 증언

선생은 강원도 김화 출신으로서 역사가이자 지식인 독

립운동가였다. 상해와 만주에서 무장투쟁을 전개했다. 독립운동사에 관한 20여 권의 저서를 남겼다. 제10대, 제 11대 광복회장을 역임했다. 102살(1903~2003)에 세상을 떠났다. 선생이 지난 1975년에 펴낸 저서『무장 독립운동사』에서 봉오동에 관해 언급한 내용이다.

"봉오동은 두만강에서 40리가량 떨어진 산간, 고려령의 험한 산줄기가 사방을 병풍처럼 둘러치고 있다. 꾸불꾸불한 갈지(之) 자 형으로 장장 20리를 뻗은 계곡지대에 1백 수십 호의 민가가 흩어져 있었다. 이 부락에는 최명록(진동) 3형제가 있어서, 그들의 지도 밑에서 독립운동의 근거지로서 재류동포의 생활과 기타 모든 면에서 잘 짜여 있었다."

"독립군을 편성할 때 사령부를 봉오동에 설치하기 위하여 기성 촌락을 군사촌으로 개발한 것은 주로 최진동의 동생 되는 최운산·최치홍 형제의 노력의 결과이다. 가옥 구조도 한국식이어서 마치 국내의 한 지방 같았다. 대부분이 새로 지은 번듯한 가옥인데다 특히 상촌은 도로망까지 정리되어 있었다. 중국인 가옥이 몇 집 끼어 있어서 중국군들이 며칠에 한 번씩 순라(巡邏, 순찰)를 돌 뿐 독립군의 자유무대였다.”

“이곳은 천연적으로 ‘일부당천 만부부당’(一夫當千 萬夫不當, 아군의 장사 하나가 왜적 천 명을 당해낼 수 있고, 적군 만 명이 달려들어도 어찌해볼 수 없는 난공불락의 유리한 지형이라는 뜻)의 요새인 곳에 어떠한 공격에도 견딜 수 있도록 꾸미자는 계획이었다. 마을 한쪽에는 새로 지은 목조교사가 있었으며, 그 앞에는 독립군 연병장이 있었다.”

“일찍이 정착하여 생활 기반을 굳혀 놓고, 그 토대 위에서 독립전쟁의 장비며 군량 등을 보급하여 봉오동전투를 승리로 이끌게 한 최진동의 동생 최운산과 최치흥 등 3형제의 업적은 봉오동전투 등을 비롯하여 당시 경신년 대일항전에 ‘절대적으로 이바지’하였다.” 선생은 ‘봉오동전투’

를 '경신년 대일항전(庚申年 對日抗戰)'이라고 기록했다.

선생은 군무도독부에 대해서도 설명을 남겨 놓았다.

"군무도독부는 최진동·최운산·최치흥 3형제가 왕청현 봉오동을 근거지로 하고 풍부한 경제력을 선용하여, 거의 개인적 힘으로 양성한 수백 명의 사병을 기간(基幹)으로 일개 전투군단을 편성하였으며, 최진동 사령관과 그의 동생들의 참모 역할과 경제적 뒷받침으로 전투태세를 완비하고 봉오동전투에서 흉적 일본군에게 대타격을 줌으로써 독립전쟁사((獨立戰爭史)에 '불후의 이름을 남긴 기관'으로 되었다."

삼 형제 가운데 최운산의 공로를 강조한 증언이다. 후손들은 할머니(김성녀 여사)로부터 수도 없이 들었기 때문에 이미 다 알고 있던 내용이라고 한다. 대표적인 민족 지도자가 최운산(과 그 형제들)의 공로에 대하여 '불후의 이름을 남긴 기관', '절대적 이바지' 같은 표현을 쓴 것을 보면, 김성녀 여사의 증언이 조금도 과장되지 않았다는 것을 알 수 있다.

　'특히 봉오동전투 등'이라고 언급한 것은, 봉오동전투뿐만 아니라 청산리전투를 포함해 북간도 일대에서 벌어진 크고 작은 무장투쟁의 거듭된 승리가 최운산의 공로라는 뜻이다. 군무도독부가 최운산 부대로 불렸던 사실을 상기하면, 이 증언의 의미를 쉽게 이해할 수 있을 것이다. 그 전적(戰績)은 특히 최운산의 '절대적 이바지'로 가능했으며, 우리 무장투쟁 독립운동사에서 '불후의 업적'이 되었다는 증언이다.

　그에 더하여, '최진동 동생들의 참모 역할과 경제적 뒷받침…'이라고 언급한 것 역시 최운산이 모든 재산을 희사(喜捨)하여 북간도의 대표적인 독립군 부대들을 통합했고, 군수를 책임졌으며, 그 거대군단(대한북로독군부)이 봉오동전투와 청산리전투를 승리로 이끌었다는 뜻이다.

김승학 선생의 증언

선생은 만주와 상해에서 활동했다. 독립신문 사장을 지냈고, 『한국독립사』를 저서로 남겼다. 경술국치 이후 대종교에 투신하여 가장 존경받는 지도자들 가운데 한 사람이 되어 여러 중책을 역임했다.

"대한군무도독부(大韓軍務都督府)는 3·1독립만세운동 이후 기존 사병부대를 재편하고 보강하여 창설한 독립운동 단체로서 본부를 왕청현 석현(봉오동)에 두고 최진동(일명 명록) 삼 형제가 주역으로 활동했다. 독립군 500여 명이 장총 500여 정을 갖고 있었으며, 군복은 중국군인들 복색과 같은 회색을 착용하였으므로 중국군과 구별하기 곤란하였다. 최운산은 아마 중국 군복을 입는 것이 일본군의 판단을 흐리게 만드는 전략을 쓴 것 같다."

최운산은 도독부 대원들을 기본적으로 1인 1총의 현대식 개인화기로 무장시켰다. 그 외에도 중화학 무기를 별도로 갖추고 있었다. 3·1운동 이후, 북간도에 들어와서 창립한 다수의 독립운동단체도 도독부와 차이 없이 무장시켰으며, 그 비용을 전부 댔다. 김승학 선생(1881~1965)은 이 어록에서 최씨 삼 형제의 공로를 강조하며 최운산을 특정했다.

김규식 선생의 증언

대한민국 임시정부의 부통령을 지냈고, 파리강화회의(1919년)와 모스크바 극동피압박민족대회(1922년)에 모두 임시정부를 대표하여 참석한 김규식 선생(1881~1950)도 북간도 무장투쟁에 대해서 회고한 적이 있다.

"빨치산이 서간도 지방에서 소대로 나뉘어 무장을 기도하고 있는 사이에, 북간도 민중은 장래의 대규모 전쟁을 위한 준비에 집중적으로 종사하고 있었다. 완전무장한 일본군 2개 사단에 직면하여 적어도 10회에서 9회까지 적을 철저하게 패주시킬 수 있었던 것은 놀랄 만한 일이다."

"서간도에서는 빨치산이 소대로 나뉘어 무장을 기도했다"는 신흥무관학교 이후 무장투쟁이 소규모 유격전으로 진행되었음을 의미한다. "북간도 민중은 장래의 대규모 전쟁을 집중적으로 준비하고 있었다"는 김규식 선생이, 모스크바에서 최진동 장군을 만나서 장군의 형제들이 1912년부터 1920년 봉오동전투까지 펼친 활동에 대한 내용을 듣고 놀라워하며 남긴 말이다.

그는 북간도의 각성한 우국지사 삼 형제의 감동적인 헌신과 우국애족(憂國愛族)의 스토리를 듣고, "이분들이 나라가 할 일을 대신하고 있었구나" 하면서 그날 밤, 잠을 제대로 이루지 못했다.

국사편찬위원회가 발간한 『한민족 독립운동사 독립전쟁 편』은 "1920년 5월 28일, 대한독립군, 국민회군, 군무도독부가 연합하여 대한북로독군부를 편성하고, 군무도독부의 근거지인 봉오동에 병력을 집결시켰다. 대한북로독군부의 성립에 있어서는 봉오동에 거대한 토지와 재산을 가지고 있던 최진동 삼 형제가 가산을 모두 독립군에 헌납하여 막대한 군비를 조달한 것이 '결정적인 기반'이 되었다"라고 기록하고 있다. 이는 김성녀 여사의 진정서 내용과 정확하게 일치한다. 여기서 한 가지는 바로잡아야 한다. 최씨 삼 형제가 모두 각각의 재산을 헌납한 것이 아니라, 최운산이 자신의 전 재산을 민족의 제단에 희사한 것이다.

여장부 김성녀

100년 전이었으니, 당연히 아무리 탁월한 여걸이라 해도 남편의 내조자 이상으로 활동하고 지위를 누릴 수 없었다. 김성녀 여사의 진정서를 읽고, '봉오동史'에 깊숙히 들어가면, 김성녀 여사가 감당한 과업의 내용과 역할이 우리가 아는 거물 여성 독립운동가들에게 뒤지지 않는 인물임을 알 수 있다. 실은 그 이상이다.

그는 자신의 모든 것을 조국과 민족의 해방을 위하여 내놓은 남편의 결정에 불만을 표하거나 어떠한 이견도 내지 않았다. 오히려 그 모든 것이 가능하도록 적극적으로 내조했다. 청년 최명길이 독립운동가 최운산(일명 최문무)으로 거듭나는 과정을 불평·불만 없이 동행했다. 그 남편은 수시로 집을 비웠다.

김성녀 여사는 바느질하고 밥 짓는 여인들과 같이 사격술을 배웠다. 마적이 달려들면, 그 실력으로 함께 총을 들었다. 특급보안이 필요한 고급 정보들은 김 여사가 본부 사령부에 직접 전했다. 그녀는 봉오동의 안주인으로서, 그 역사의 현장에서 부대의 살림, 취사와 피복 등의 군수품 보급, 의무반 가동 및 전사자 유족 복지 등 모든 것을 책임졌다. 김성녀 여사도 서훈되어야 한다.

제3장 봉오동전투 이전사(鳳梧洞戰鬪 以前史)

'봉오동史'와 관련하여, '1920년 6월 전투' 이전의 우리 역사를 살펴보아야 한다. 역사는 굽이치는 강물처럼 과거에서 현재로, 또 미래로 끝없이 흐르는 시간이다. '봉오동의 역사'도 그 기나긴 연장선의 한 토막이다. '봉오동전투'는 다음 네 가지 이전사(以前史)와의 역사성과 유기적 연관성이 깊다.

간도의 역사

간도(한자로는 間島라고 씀)는 지리적으로, 현재 중국의 동북삼성 가운데 하나인 길림성의 동남쪽에 있는 '연변조선족 자치주'라고 생각하면 이해하기 쉽다. 간도는 1627년 청나라와 조선이 잦은 국경 분쟁을 해결하는 하나의 방안으로 봉금정책(封禁政策)을 시행하는 바람에 양국 백성들이 자유롭게 출입하거나 거주할 수 없게 되었다. 그로써 '두 나라 사이(間)에 섬(島)처럼 존재하는 땅', 즉 간도(間島)가 된 것이다.

1910년, 국권을 빼앗겼다. 2천만 민족이 망국민이 되어 가슴과 땅을 치고, 하늘을 원망하며 함께 대성통곡했다. 정신을 차리고, '이대로 굶어 죽을 수는 없다'고 결심한 민초는 간도로 향했다. 자료에 의하면, 1910년에는 10만 명, 1920년에는 45만 명, 1930에는 60만 명, 1938년에 100만 명이 넘었고, 해방 전후에는 160만 명까지 늘었다고 한다. 실제로는 이 숫자들보다 훨씬 더 많았다.

동포들은 간도를 제2의 고향으로 여기고 성실하게 생업에 전념하였다. 그들은 신산고초(辛酸苦楚)를 겪는 동안 험산준령(險山峻嶺)을 오르내리는 역경에서 살아남았다. 더불어 희망의 공동체를 이루었다. 그들은 일제와 지주들, 탐관오리들로부터 받은 억압과 착취, 폭력과 죽음의 위협들을 공유한 동병상련의 무리였다. 간도 이주 1세대는 마치 황무지에 나라를 세운 건국의 조상들 같았다.

국경을 넘어온 우국지사들과 열혈청년들은 농업을 위주로 하는 한인 경제공동체 간도의 동포들에게 2세 교육과 민족해방 독립운동의 당위성을 역설했다. 계몽적인 지식계층이 등장한 것이다. 이로써, 간도 동포사회는 삶의 질을 고민하고, 공동체의 목표와 민족의 비전을 공유하는 공동체로 발전하였다. 북간도는 적의 코앞에서 호시탐탐 기회를 노리며 강 건너 내 나라를 강탈한 일본군을 부단히 진공(進攻)할 수 있다는 지형적 장점이 컸다. 우리 민족의 항일 무장투쟁 독립운동 거점으로서, 그 지세와 형국은 마치 하늘이 마련해준 국권 회복의 전진기지와 같았다.

경술국치(庚戌國恥)

조상들은 그날, 1910년 8월 29일을 왜 망국(亡國)의 상실과 슬픔과 분노의 날로 규정하지 않고 '국치(國恥)의 날'이라고 천명했을까? 100년이 훨씬 더 지난 지금까지도 우리 민족은 남녀노소 차이 없이 그날을 '부끄러움'으로 상기한다. 그날 이후, 일제강점기 35년은 이 민족이 그 '큰 부끄러움'을 줄이고 줄여서 끝내 제로로 만들려는 시간이었다. 망국의 슬픔을 감당하고 이겨내는 공동체의 정신이자, 국권 회복을 위한 강력한 동력으로서 '수치심'은 참으로 큰 지혜였다. 이 민족이 세상에 보여준 고결한 자존감이었다. 나는 그 특별한 수치심이 자랑스럽다.

배가 고파서, 짓밟히지 않으려고, 새끼들에게 그 모욕적인 신분을 물려주지 않으려고 떠난 그 생계형 이주민들이 훗날 십시일반의 정성으로 내놓은 푼돈들이 모여 독립운동자금으로 쓰이게 되는 과정을 생각하면 언제나 뭉클하고 눈물겹다. 그 동포들이 개척자로서 보낸 세월은 북간도에 훗날 민족해방 투쟁의 베이스캠프를 건설하게 만드는 위대한 시간이기도 했다.

이 특별한 부끄러움은 '국치일'(國恥日) 300여 년 전, 충무공 이순신이 임금 선조에게 올린 출사표에서 그 뿌리를 찾을 수 있다. "원컨대 한 번 죽음으로써 기약하고, 즉시 범의 소굴을 바로 두들겨 요망한 기운을 쓸어내고, 나라의 부끄러움을 만분의 일이나마 씻으려 하옵니다." 우리 민족은 마치 동식물들이 위기에 처하면, 생존을 위하여 몸의 색깔을 바꾸거나 특정 물질을 분비하듯이, 마치 자연법칙처럼 '부끄러움'을 에너지로 치환하여 뛰쳐나간다.

자존감 높은 족속은 부끄러움과의 싸움에서 가장 질긴 법이다. 그 과정에서 크고 작은 승리와 패배의 기억들이 쌓이고 쌓이면서, 생명을 존중하고 평화를 사랑하는 공동체로서, 큰 지혜와 높은 품위를 갖추고 대를 잇는다면, 그것이 바로 특정 집단의 진정한 진화다. 그 과정에서 응축된 핵심이 민족의 DNA가 된 것이다. 간도의 한인공동체가 그 대표적인 경우다.

3·1운동

1919년 3월 1일은 우리 2천만 민족이 독립을 선언하고 하나가 되어 "대한독립만세!"를 목청 터지게 외쳤던 날이다. 전체 인구의 10% 이상이 거리로 나와 만세운동을 벌였다. 모두 맨손이었다. 비폭력, 평화적 저항이었다. 나머지는 여러 가지 사정으로 함께하지 못했지만, 마음은 똑같이 뜨거웠다. 이 민족에게 천년이 가도 잊을 수 없는 자리 잡은 특별한 기억이다.

3·1운동은 다음의 네 가지 사건이 연차적으로, 유기적 연관성과 운명적 조화로 발생한 인류사적 대사건이었다.

길림선언

잘 알려지지 않았지만, 중국 러시아 등 해외에 나가서 활동하던 저명한 애국지사들 —김규식, 이동녕, 이동휘,

이상룡, 이승만, 박용만, 박은식, 안정근, 신채호 등 39인—이 1919년 2월 1일 우리 민족 최초의 독립선언서인 '대한독립선언서'를 발표했다. 조소앙(趙素昻, 1887~1958)이 썼다.

"한국은 완전한 자주독립국이며, 민주자립국임을 선언하고, 한일합병은 일본이 우리나라를 사기와 강박, 그리고 무력으로 병탄한 것이므로 무효"라고 주장하였다. "민족의 자유와 독립은 우리 생명의 근본이요, 민중의 행복은 우리 투쟁의 목표다", "우리는 무장을 취하여 일본의 침략 세력을 타도하고, 조선민족의 해방을 위하여 끝까지 싸운다", "섬은 섬으로, 반도는 반도로 돌아오게 할 것"을 선언문으로 선포한 것이다.

우리의 영토[韓土, 한토]를 지키기 위하여 무력을 사용하는 것도 불사한다고 공표하고, 2천만 동포에게 육탄혈전(肉彈血戰), 즉 맨몸으로 결사항전하여 민족해방과 자주독립을 이루자는 내용이었다. 조소앙은 선언 직후 일본으로 건너갔다. 이광수(李光洙, 1892~1950), 백관수(白寬洙, 1889~1951) 등 유학생 대표들을 만나서 마음을 합쳤다. 중국 길림에서 일본 동경까지 그 머나먼 길을, 축지법 쓰는 사람처럼 움직였던 그 민첩함과 간절함이 동포 청년들에게 고스란히 전해져서 동경 조선인 유학생들의 '2·8독립선언'이 나오게 된 것이다.

파리강화회의

제1차 세계대전 이후의 국제질서를 재편하기 위한 세계평화회의가 파리에서 열렸다. 이 회의(Paris Peace Conference)에서 미국 대통령 우드로 윌슨(Woodrow Wilson, 1856~1924)이 민족자결주의(民族自決主義)를 선언했다. "식민지 문제는 관련된 모든 민족의 이익과 해당 국민의 정당한 요구를 동등하게 고려하여 공정하게 조정되어야 한다"(제5조), "각 민족은 스스로의 정부를 선택할 권리가 있다"(제13조)라는 윌슨 대통령의 민족자결주의 원칙은 일제의 폭압에 신음하던 우리 민족에게 특별히 큰 용기를 주었다.

고종의 죽음

국내에서는 1919년 1월 20일, 대한제국의 황제 고종이 죽었다. 독살설이 유력했다. 삼천리 방방곡곡이 곡소리로 가득 찼다. 실은 그의 죽음을 슬퍼하여 울며 분노한 것이 아니라, 민족 자존심의 정점을 무너뜨린 만행을 규탄하는 함성이었다. 그로 인하여 조선 민중은 한마음이 되어 일제에 저항했다. 전국적인 봉기의 도화선에 불을 붙였다. 3·1만세운동의 효과를 극대화하는 촉진제 역할을 했다. 당시 장안에는 고종이 일제에 맞서 독립운동을 지원했다는 인식이 널리 퍼져 있었다. 고종의 장례일을 만백성이 독립만세를 외치는 날짜로 잡은 것도 이러한 전략의 하나였다. 그는 죽음으로써 큰 선행을 했다. 2천만 동포는 그 분기탱천의 열기로 정초의 혹한을 느낄 수 없었다.

2·8독립선언

이 무렵 1919년 2월 8일, 일본 동경의 한 공원에서 우
리 유학생들이 조선의 독립을 선언하였다. 중국에 들렀
다가 파리평화회의의 결과에 크게 영향을 받은 춘원 이광
수가 문장을 썼다. 2·1길림선언을 이은 것이다. 육당 최남
선(崔南善, 1890~1957)은 기미독립선언서를 작성할 때,
이광수의 2·8독립선언문의 정신을 유지하며 글을 썼다.

3·1운동은 이렇게 중요한 국내외 요인들이 합쳐져서 마
침내 임계점에 이르러 폭발한 일종의 '자연과학적' 현상
이었다. 우리 민족이 일치단결하여 분연히 궐기한 비폭
력 민족해방 선언 독립운동이었다. 요원(燎原)의 들불이
었다. 이로써 일제는 두려움을 느끼게 되었고, 잔꾀를 부
려 소위 '문화통치' 전략으로 노선을 바꾸었다.

국내 만세운동의 배턴을 이어받은 북간도와 연해주의
독립만세운동은 국내 못지않게 열화와 같았다. 최운산

형제들은 북간도의 중심지인 왕청현 백초구에서 3월 26일 1,500명이 넘는 인원이 참여하는 독립만세운동을 조직하여 일제를 긴장시켰다. 5월 18일에는 양수천자에서 300명이 넘는 동포들과 중국인들이 연합시위를 벌였다. 북간도 동포들은 3월부터 5월까지 3개월 동안 무려 총 47회나 만세시위를 이어갔다.

임시정부 수립

1919년 3·1독립만세운동 직후, 4월 11일, 망명정부로서 상하이 임시정부가 수립되었다. 이후 9월 11일에는 기존의 국내외 임시정부들(연해주의 대한국민회의, 국내의 한성임시정부, 상하이 임시정부 등)을 한성정부의 법통을 계승하는 것으로 통합하였다. 이로써 하나의 대한민국 임시정부로 개편하고, 임시헌법을 대폭 보강하였다. 대통령제 도입, 3권 분립(국무총리, 행정부, 국무원)을 확립하고 민주공화정의 면모를 갖춘 것이다.

위의 네 가지 중차대한 역사적 사건들(길림선언, 파리 강화회의, 고종의 죽음, 2·8선언)이 마치 바톤을 터치하듯이 연쇄적으로 발생하였다. 이는 3·1운동과 4·11 임시정부 수립의 전조 현상이었다. 임시정부는 국제연맹과 미국, 유럽, 중국 등을 상대로 한 외교 활동에 힘썼다. 김규식을 파리강화회의에 파견하기도 했다. 독립신문을 발행하여, 독립운동 현황을 보도하고, 독립운동의 역사를 정리했다. 비록 가난하고 지도력도 약했지만, 상해 임시정부는 국내외 독립운동의 구심점이자 자주독립을 위한 민족해방 투쟁 본부로서의 상징성은 분명했다.

역사적으로 정부 수립의 의미와 가치들 가운데 최고의 덕목은 '대한제국'을 '대한민국'으로 국가의 정체성을 바꾸었다는 점이다. '제국(帝國)'이 '민국(民國)'이 되었다는 것은 '민초 하나하나가 나라의 주인'이라는, 주권재민(主權在民) 사상이 현실이 되었다는 뜻이다. 민초는 처음에 이 말을 듣고서도 무슨 말인지 이해하지 못했다. 지식인들에게도 추상적이고 관념적으로 들렸다. 그러나 시간이 지나면서, 이 똑똑한 족속은 남녀노소 차이 없이 모두 무릎을 쳤다. 임시정부는 혁명정부였다. 오늘날 우리가 자랑스럽게 부르고 있는 '대한민국'(大韓民國)도 임시정부가 지은 이름이다.

2부

제4장 봉오동史

조선의 한 집안이 함경북도 온성에서 두만강 건너, 오늘날 연변조선족 자치구의 소재지인 길림성 연길현 국자가라는 곳으로 이주하며 봉오동의 역사가 시작된다. 1883년이었다. 그때는 당연히 미래의 '봉오동전투'와 아무런 상관이 없었다. 가장인 최우삼이 조선 조정으로부터 지방관직을 명받고 부임하면서 온 가족이 이주했다.

이 가족은 1908년, 당시로서는 이름도 없던, 훗날 '봉오동'으로 불리게 되는 '특별한 땅'으로 온 가족이 거처를 옮겼다. 그 후 한 평범한 공직자 집안이 조청 간(朝淸間) 국경 분쟁으로 인한 시련을 겪으면서 민족해방운동에 헌신하게 된다. 그 서사(敍事)의 총체는 우국충정과 희생정신으로 가득하다. 본론으로 들어가기 전에 이 집안의 씨족사와 가족사를 알아보자.

최씨 가문은 원래 경주 최씨에서 갈라져 나와서 새로운 本(珍山)을 갖게 되었다. 경주 최씨의 시조는 신라의 고운 최치원(孤雲 崔致遠, 857~908)이다. 진산 최씨의 시조는 최수평(崔秀平)으로, 그의 15세손이 최우삼(崔友三, 1860~1925)이며, 최운산은 16세손이 된다. 함경북도 온성에 진산 최씨의 집성촌이 있었다. 한성에서 이주하여 씨족공동체를 이루었다. 그들은 거기서 500년 넘게 살고 있었다. 해방 이후 그 후손의 일부가 남하하여 살기 시작했다. 현재 남쪽에서 인구가 가장 적은 씨족들 가운데 하나다.

최우삼, 그는 누구인가

정사(正史)는 권력의 필요에 부합하도록 기록하고 공

식화하는 측면이 있다. 고등교육을 받은 사람들도 교과서에서 단 한 번도 접하지 못한 역사적 인물들이 허다하다. 사실(史實)이 아니기 때문이 아니라, 험악하고 위태로운 시대에 기록을 제대로 남길 수 없었기 때문이다. 최우삼도 그 가운데 하나다.

직함이 '연변도태'인 공직자로, 그는 간도 거류 동포사회를 관리하는 자치지구의 수장으로 임명되어 부임했다. 19세기 말에서 20세기 초까지 간도의 한인들은 자신들이 함경북도 간도 주민이라고 믿고 살았다. 실제로 간도에 사는 청나라 사람들의 숫자는 한인들의 1/10도 되지 않았다. 청나라는 간도가 조선의 영토로 굳어지는 것을 우려했다. 그 대책으로 한족(漢族)들을 적극적으로 이주시켰다. 최우삼은 청나라의 간도 정책에 저항했다.

그는 "여기는 조선 땅이다!"라고 외치며 간도의 한족들을 추방했다. 결국 청군(清軍)이 무력을 사용했고, 최우삼은 조선인의 자주와 권리를 위하여 싸웠으나, 병력의 열세로 패했다. 조청(朝淸) 간의 영토 분쟁이었다. 최우삼은 지인의 도움으로 두 아들(명록과 명길)을 데리고 두만강을 건너 피신했다. 청의 군대는 최우삼의 모친 청주 한씨를 잡아 가두었다. 어머니는 여걸이었다. 아들과 마찬가지로 "간도는 조선 땅!"이라고 외치며 청나라 관리들에게 호통쳤다. 이 위풍당당한 여인의 인물됨에 감탄한 청나라 관헌들이 아침마다 감옥에 찾아와서 문안 인사를 올렸다고 한다.

이 소식을 접하고 어머니를 구하기 위하여 아들은 연변으로 돌아와서 자수하고 감옥에 들어갔다. 출옥한 모친은 가산(家産)을 정리하여 큰돈(은전 세 항아리)을 마련하여 보석금으로 내고 아들을 빼냈다. 어린 아들들은 그러한 아버지를 보며 자랐다. 돈을 주고도 살 수 없는 큰 교육이었다. 위대한 선물이었다. '봉오동史'의 씨앗이었다. 최우삼은 그 이름(友三)처럼, 다정한 인간미, 뜨거운 민족의식, 올바른 판단력! 이 세 가지 미덕(三)을 평생 벗(友) 삼고 살았다.

흑송 세 그루

운산의 장남 최봉우(1922~2001)는 조부의 묘지 표식으로 흑송 세 그루를 심었던 것을 정확하게 기억하고 있었다. 한중수교(1992년) 이후, 1997년 이 손자가 중국으로 건너가서 봉오동 조부의 묘소를 찾아 인사를 올렸다.

100년 자란 흑송(黑松)이 마치 효자 삼 형제처럼 꼿꼿이 서서 자리를 지키고 있었다. 엎드려 긴 시간 흐느끼면서 비석을 만들어 곧 다시 찾아뵙겠다고 약속했다. 오호 애재라! 노약해진 손자는 조부와의 약속을 지키지 못하고 2년 뒤 세상을 떠났다. 그로부터 장장 17년이 지난 뒤 증손들이 다시 찾았다. 비석을 세우고 제대로 성묘를 한 것이다. 2016년 10월 9일, 제막식이 열렸다. 비문은 박래부 선생(전 한국일보 논설위원)이 썼다.

"국운이 쇠잔해 가던 조선 말기 이 땅에서, 선조들의 삶

터와 국권을 회복하려는 높은 뜻을 품고 한 생애를 가열차게 살았으며, 그의 가문 또한 조국을 위하여 간난신고를 무릅쓰고 헌신케 한 겨레의 선각자 崔友三公 여기 잠들다.

公은 道台를 지냈고 貫籍은 珍山. 최수평공의 15대손으로 1860년 6월 22일 함경북도 온성에서 諱鎭榮의 二男으로 태어났고 字는 仁權이다. 1880년 두만강을 건너 연길에 자리를 잡고 道台로 봉직하면서 조선 사람들의 안위를 살폈다. 公은 朝淸間에 분쟁이 생기자 조선인의 자주와 권리를 보호하기 위해 군사를 일으켰으나 분하게도 패퇴하여 옥고를 치렀다.

公은 1910년 일제가 조선을 강점하자 일가 4대를 이끌고 봉오동으로 이주하여 독립군 기지를 만들고 사관학교를 세워 애국청년을 양성하는 등 독립전쟁 준비에 힘을 쏟았다. 아들들이 연해주에서 독립군 부대를 지휘하던 때는 군자금을 조달했다.

公은 세 아들(振東, 雲山, 致興)이 모두 일본군에 맞서 무장 독립운동에 헌신하다가 수감되어 있던 때, 대한민국의 독립을 열망하며 숨을 거뒀다. 1925년 3월 23일이었다. 장례는 독립군이 도열하고 예포를 발사하는 가운데 엄숙하게 치러졌고, 여기 봉오동에 묻혔다."

아버지가 세상을 떴을 때, 아들들은 감옥에 있었다. 모두 일본 경찰을 사살했다는 혐의였다. 최진동은 2년간, 최운산은 3년간 옥살이를 했다. 선친의 장례는 동지들이 상주가 되어 독립군장으로 치렀다.

제5장 최운산, 그는 누구인가

최우삼이 청나라와의 영토 분쟁에서 패함으로써, 최 씨 가족은 '멸문지화'(滅門之禍)의 위기에 처했다. 그로 인하여 두 아들은 남의 집 일꾼이 되었다. 진동이 들어간 집은 지역에서 인정이 많은 부자로 소문이 난 중국인 가정이었다. 운산은 조선족 동포의 집으로 들어갔다. 둘 다 몇 년씩 일하면서 주인들로부터 크게 인정받았다.

몇 년 뒤, 동북삼성(길림, 흑룡강, 요녕)의 군벌 장작림이 관할 지역의 광활한 땅을 민간에 불하하는 토지 정비 사업을 시행하였다. 최운산은 그 대규모 공공사업에 차출되었다. 직책은 왕청현 총대였다. 스무 살도 되기 전에,

일종의 국책사업의 실무 총책이 된 것이다. 똑똑하고 예의 바른 조선 청년이 중국말도 중국인들보다 더 잘하고 글도 더 잘 쓰는 것을 보고 모두가 감탄하였다.

그 덕분에 왕청현 일대, 봉오동을 비롯해 도문, 석현, 대황구, 양수천자, 서대파(西大坡), 십리평(十里坪) 등 오늘날 우리나라 기준으로 군이나 면 단위의 10여 개 지역의 땅 대부분을 소유하게 되었다. 대지주가 된 것이다. 매입 조건은 토지세를 부담하는 것이 전부였으니 초저가였다. 모두 황무지였기 때문이다.

머지않아 그 지역에 초보적인 수준의 산업화가 진행되었다. 그러면서 자연스럽게 인구가 늘어났으며, 생산과 판매가 활발해지며 경제적 호황을 누렸다. 그렇게 또 일정 시간이 지나면, 그곳은 일종의 신도시로 지정되어 땅값이 많이 올랐다. 최운산은 이 광활한 부지 한쪽에 생필품 공장을 지어 하나씩 늘려나갔다. 비누, 콩기름, 들기름, 국수, 성냥, 과자, 술 등을 생산했다. 모두 날개 돋친 듯이 팔려나갔다. 최운산은 젊은 나이에 만주 갑부가 되었다. 천운이었다.

젊은 나이에 거부가 되어 가족과 봉오동 신한촌의 주민들, 그리고 친인척들을 잘 먹고 잘 살게 해 주었다는 것이 최운산과 그 가족서사(家族敍事)의 전부라면, 이 집안의 미담은 어느 시대, 어느 지역에나 있었던 특정 가문의 성공 스토리들 가운데 하나에 불과할 것이다.

당시(1910년 전후)에 최운산의 소유 부지가 얼마나 넓었는지를 두고, 봉오동에서 최운산 부대의 독립군으로 활동했던 A 씨는 다음과 같이 증언했다. (그는 해방 이후, 존경하며 따르던 장군의 후손들 일부가 부산에 정착했다는 얘기를 듣고 물어물어 찾아갔다. 그가 최운산이 소유했던 땅에 관한 얘기도 했다).

그는 "장군의 땅은 부산시 면적의 여섯 배 정도였다"라고 말했다. 훗날 김성녀 여사는 대한민국 정부에 낸 진정서(1969년)에, "사흘 밤낮을 걸어가도 끝이 나오지 않았다"라고 적었다. 그 부하와 미망인은 같은 얘기를 한 것이다. 참고로, 1960년대의 부산시 면적은 8천만 평을 넘었다. 여섯 배가 아니라, 그대로 100년 전의 부산시 면적과 같았다고 하더라도, 개인 소유의 땅으로는 엄청난 넓이였다.

최운산과 장작림

최운산의 삶과 성공, 남긴 교훈을 거론할 때, 동북삼성의 제왕격이었던 군벌 장작림(張作霖, 1875~1928)과의 관계를 빠뜨릴 수 없다. 그는 중국군에서 무술 교관 겸 훈련 장교로 일했다.

"장작림은 원래 마적단의 두목이었다. 그는 1911년 신해혁명 때 동북 지역의 혁명군을 진압했다. 그로써 군권을 장악하고, 1916년 1월 위안스카이(袁世凱, 1859~1916)가 황제로 등극할 때 그를 협박하여 봉천, 길림, 흑룡강 등

동북삼성의 총독직을 맡았다. 그 이후 만주는 장작림의 지배 아래 놓였다. 당시 중국은 이 혁명 이후, 군벌이 지배하는 시기였다."

-이계형 국민대 교수

장작림은 실은 여기저기서 수시로 문제를 일으키고 다니는, 매우 위태로운 인물이었다. 국내에서는 여러 군벌 등 정적들과 다투었고, 밖으로는 일제(日帝)의 군부와 관리들과의 관계가 좋지 않았다. 장작림은 전투 중에 최운산의 도움으로 죽을 위기에서 여러 차례 벗어났다. 최운산이 장작림에게는 생명의 은인이었다. 그래서 둘은 특별한 관계였다.

최운산은 대부호였기 때문에 당연히 자신의 성을 쌓아서 재산을 안전하게 지키고 사업을 더욱 성장시키려고 했다. 신한촌 동포사회를 편안하게 보호해 주고 상부상조하는 일이 더욱 절실한 과제가 되었다. 마적떼의 공격과 약탈이 멈추지 않아서 공동체 전체를 불안하게 만들고 있었기 때문이다. 그는 장작림에게 이렇게 요청했다.

"우리 봉오동이 불안하다. 그래서 사병부대가 필요하다. 아직은 우리 고향(함경도 온성)에서 건너온 장정들이 순찰을 하며 대응하고 있는데, 그걸로는 부족하다. 지금 내가 훈련하고 있는 보위단 부하들 가운데 우선 100명을 데리고 나가서 자위 부대를 강화하려고 한다."

그는 최운산의 구상을 흔쾌하게 지지했다.

그러나 최운산은 소위 미쓰야협정(1925년 총독부 경무국장 미쓰야와 만주 군벌이 체결한 비밀협정) 이후, 장작림과 적대관계가 되었다. 일제가 중국 군벌(장작림 군대)과 협력하여 만주에서 활동하는 우리 독립군들을 색출하고 체포하는 활동을 시작한 것이다. 용서할 수 없는 배신이었다. 장작림 군대가 우리 독립군을 잡아 일본에 넘기면 그 대가로 보상금을 지급하기로 한 것이다. 장작림은 결국 그렇게 의리를 헌신짝처럼 저버렸다. 그는 모든 일에서 돈을 보고 움직이는 기회주의자였다.

무술 고수·명사수

'도대의 난' 때, 삼부자는 강 건너 고향으로 피신하는 과정에서 아버지의 지인에게서 결정적인 도움을 받았다. 그는 무술 고수로서, 훗날 봉오동에 기거하며 운산에게 무술을 가르쳤다. 둘은 사제지간이 되었다. 스승은 운산을 자신과 같은 수준으로 연마시켰다. 그 실력으로 운산은 중국보위단의 무술 교관으로 자리 잡았으며, 훗날 독립군들에게도 무술을 가르쳤다. 운산은 50살이 넘었을 때 무술 유단자인 청년들과 1:10으로 대련하여 가볍게 물리치기도 했다.

인명 살상과 강도짓이 '주업'인 그 지역 마적떼는 운산이 소와 생필품 등을 납품하기 위하여 연해주를 오가는 길에 강탈하기는커녕 두려워서 길을 내주었다. 악당들이 덤비면, 죽이지는 않고 곤봉으로 기절시키곤 했다. 비록 악인들이지만, 처자식을 생각하여 온정을 베푼 것이다.

그 소문이 널리 퍼져서 마적들은 내심 최운산을 존경했다. 그러나 마적은 마적이었다. 국내 진공 작전을 벌일 때도 총으로 전화선을 끊어 적군의 통신을 차단한 일이 있었다. 최운산은 무술 못지않게 사격술도 대단했다.

어진 부자

'어진 부자'라는 표현은 모순적이다. 부자들 가운데 인자한 사람은 거의 없기 때문이다. 하지만 최운산은 예외였다. 그는 거대한 집단농장과 목장도 운영하는 한편, 생필품 사업을 벌였다. 품목별로 공장을 가동했다. 모두 대규모였다. 공장의 하루 수입이 농장 전체의 한 달 수입보다 더 많았다. 매월 200두 정도의 소와 생필품을 러시아 군대에 납품했다. 100년 전, 그의 나이 20대 후반이었다. 30대 때는 사업이 더욱 활성화되며 성장에 속도가 붙었다.

치안 부재의 시대였다. 봉오동 한인공동체를 노리는 악

의 무리를 압도적으로 제압하지 못하면, 기가 승하여 동포사회 전체가 지옥이 될 수도 있었다. 마적들은 종종 일본군의 '용역'을 받아 동포들의 일상 공간을 실제로 공포의 현장으로 만들었다. 그래서 최운산은 자위 부대의 병사들에게 무술을 가르치고, 무기 사용법을 직접 지도했다. 국내에서 이주한 신한촌 주민들은 최운산家 사람들을 깊이 존경하고 고마워했다.

특히 자위 부대원들은 최운산 장군 덕분에 안정된 일자리를 가진, 말하자면 좋은 직장을 가진 사람들이었다. 일부 중국인 대원들도 차별 없이 대우했다. 게다가 봉오동 사람들은 국내와는 비교가 되지 않을 정도로 적은 소작료를 내며 행복하게 농사를 지었다. 공장에서 일하고 싶은 사람들은 누구나 일할 수 있었다. 남편이나 아들은 자위 부대원으로, 부인이나 부모, 형제들은 공장에서 일했다. 학교는 아이들을 가르치면서 보호하였다. 일할 수 있고, 일하고 싶은 사람들에게는 전원 고용이 실현된 공동체였다. 봉오동 신한촌 동포들은 훗날 크고 작은 전투가 벌어질 때마다 후방에서 든든한 배후 지원군 역할을 톡톡히 해냈다.

최운산은 동포들과 수시로 소통하면서, 망국민으로서 서로 애환을 나누고 위로하며 격려하였다. 그 가운데는 몸이 아프거나 고향에 늙으신 부모만 남겨 놓고 강을 건넌 게 늘 가슴에 응어리로 남아 있는 이들도 있었다. 그런 사람들은, 자위 부대의 무장한 장정들에게 모시고 오도록 하여 같이 살게 해 주었다. 특히 장애를 지니고 있는 일꾼들에게는 집안의 형이나 오라버니처럼 대했다. 그렇게 따뜻한 마음으로 함께하면서 믿음과 사랑이 쌓이고 쌓여 뜨거운 애국심, 국권 회복과 민족해방의 염원과 의지가 하나가 되어 자라났다.

여덟 개의 이름

우리 민족문화에서 이름 짓기는 일종의 '기도'다. '개똥이', '소똥이'는 특별한 뜻을 담은 이름을 가진 청년들을 불

온하게 보는 나쁜 정치의 슬픈 흔적이라고 할 수 있다. 그 시절의 선비들은 자식을 '가돈'(家豚), 즉 '우리 집 돼지새 끼'라고 부르며 낮추었다. 겸손한 표현 같지만, 당쟁사회 였기 때문에 언제 어디서 난데없이 큰 불행이 들이닥칠지 알 수 없었다. 그러한 재앙을 피하려는 지혜이기도 했다.

운산은 여덟 개의 이름으로 살았다. 최초의 이름은 명 길(明吉)이었다. 무장투쟁을 지휘할 때 쓰던 이름은 '문 무'(文武)였다. 무술인(武)이지만, 가슴 저 안쪽에는 문사 (文)의 마음을 소중하게 간직하고 사는 근사한 장군의 풍 모(風貌)가 느껴진다. 1930년까지 이 이름을 썼다. 휘하 의 독립군들을 형이나 삼촌처럼 대했다.

'文'과 '武'가 제대로 합쳐지면 빛이 나는 법이다. 그래 서 '빛날 빈'(斌)이 된다. '문무'(文武)를 쓰던 시기에는 '빈 (斌)'도 함께 썼다. 이름처럼, 젊고 후덕한 문무겸전(文武 兼備)의 덕장(德將)이었다. 그 누구의 삶이든 우리 인생 은 희로애락으로 굽이치는 곡선의 시간이다. 그 험한 시

절, 해방투쟁에서든 사업에서든 항상 빛나는 성과를 내
고 훌륭한 인품으로 뛰어난 리더십을 발휘했다. 이름값
을 톡톡히 한 것이다.

그가 중국군 고위 장교로 복무할 때 동료들은 그를 손
큰 사람이라고 여겼다. 이때 이름은 '넉넉할 풍'(豊)이었
다. 생필품 공장을 여럿 지어 운영하고, 판매고가 날로 올
라갈 때는 '만인을 이롭게 하겠다'는 포부를 담아 '만익'(萬
益)이란 이름을 썼다. 늘 사회성, 공공성을 염두에 두고
살아가는 특별한 젊은이 하나가 올곧고 당당하게 걸어가
는 모습이 떠오른다.

러시아군에 육류, 생필품 등을 납품할 때나, 비밀리에
무기를 구입할 때는 '고려'(高麗)로 서명했다. 이는 최운
산이 대가족을 거느린 가장이고, 일개 개인이지만, 언제
나 자신이 언제나 '조국의 대표'라는, 드높은 정체성을
가지고 살았다는 증거다. 안중근(1879~1910), 이상설
(1870~1917), 이준(1859~1907) 같은 큰 인물들과도 교류

하며 후원했다. 족보에는 '복'(福)으로 올라가 있다. 이처럼 특별한 자의식과 자기존엄성을 지니고 사는 인물에게는, '복'이 소아적이고 아기자기한 것일 수 없다. 천길 벼랑에 서 있는 민족에게 해방의 '福'을 하루라도 앞당겨 가져다 주고 싶은 마음이었다.

운산이 쓴 여덟 개의 이름 모두가 하나같이, 국권 회복을 위하여 헌신하고, 죽을 때까지, 우리 민족이 모두 함께 품격 높은 공동체로서 창성(昌盛)하도록 하겠다는 큰 목표를 담고 있다. 우리나라 사람들은 부모와 가문, 또는 자신의 소망을 담아 이름을 짓는다. 그리고 한 평생, 죽을 때까지 끝도 없이 불러준다. 민초는 큰 꿈을 다 이루지 못하고 삶을 마친 거인의 이름을 그가 죽은 뒤에도 오랫동안 호명한다. 살아 있는 사람들이 망자가 이루지 못한 염원을 이어가는 것이다.

제6장 민족해방운동 총사령부

최운산은 1908년, 대가족이 오랫동안 터 잡고 살던 연길을 떠나 소유 부지들 가운데 사람들의 발길이 닿지 않은 오지를 삶의 터전으로 정하고 온가족과 함께 이동하였다. 그곳이 바로 훗날 위대한 역사의 현장, '봉오동'이 되었다. 운산은 그 땅에 '봉황'(鳳)과 '오동나무'(梧)를 합하여 생명을 불어넣었다. "봉황새는 오동나무에서만 쉬고, 둥지를 틀고, 새끼를 친다"라는 전설이 떠올랐다. 특별한 땅 봉오동의 이름은 그렇게 지어졌다. 그곳은 최씨 집안을 위해서, 그리고 우리 민족을 위해서도 '특수 목적'의 땅이었다. 최운산이 겨우 20대 중반의 일이었다. 그 기백은 실로 비범했다. 그 품격은 그의 일생을 관통했다.

봉오동은 상촌, 중촌, 하촌으로 나뉜다. 길이는 10km 정도다. 하촌은 1980년에 건설된 봉오동 저수지에 수몰되었다. 중촌과 상촌 사이에는 수풀이 우거져 있으며, 500미터 내외의 고지들이 사방을 둘러싸고 있다. 서쪽에는 초모정자산(草帽頂子山)이 가로로 놓여 있고, 상촌은 북산, 동산, 남산으로 이루어져 있다. 천혜의 요새지형이다.

남쪽으로 두만강을 건너 국내로 진입할 수 있고, 동쪽으로는 훈춘(琿春)을 거쳐 러시아로 갈 수 있으며, 북쪽으로는 대감자(大坎子)를 거쳐 라자구(羅子溝) 밀산(密山)으로 갈 수 있다. 사통팔달의 교통 요지였다. 고려령 산줄기에 둘러싸여 사면이 험산준령이면서도 사방으로 통하는 전략적 요충지였다. 이곳으로 이주할 때, 이 집안 사람들은 특별한 복안(腹案)을 품고 있었다. '큰 꿈'이었다. 최운산은 봉오동을 항일 무장투쟁 독립운동의 본부로 만들겠다는 목표를 지니고 있었다.

군무도독부

최운산은 1912년, 보위단을 나와서 사병부대를 만들고, 이어서 '봉오동 사관학교'를 세웠다. 경술국치(1910년 8월 29일) 이후, 두만강을 건너온 열혈청년들을 독립군으로 양성하는 일이 시급한 일이었기 때문이다. 1915년, 우선 자위 부대원들의 신분을 독립군으로 변경하고, 여기에 사관학교에서 배출한 대원들을 편입하여 창설한 부대가 '군무도독부'(軍務都督府)다.

그동안 봉오동에서 함께 생산활동을 하면서 신한촌 경제공동체를 지키는 것이 사명이었던 무력(사병부대)이 항일 무장투쟁을 병행하는 전투 조직이 된 것이다. 존재의 목적이 바뀐 것이다. 자위부대 요원으로 일하던 봉오동 남자들이 독립군이 된 것이다. 자세가 확연하게 달라졌다.

이 병력은 중국군 보위단 소속일 때 여러 차례의 크고

작은 전투에 참여한 적이 있는 전사들이었다. 이는 큰 장점이었다. 의사소통도 원활하고, 동포애를 기반으로 수직-수평 간에도 상호 신뢰도와 전우애도 높았다. 보위단 시절 존경하며 따랐던, 그 특별한 지휘관 최운산이 이 신설 부대의 사령관이었기 때문에 사기도 높았다. 그들은 중국 보위단보다 최운산 부대에 소속된 것을 더 만족스러워했다. 대우도 두 배로 높여 주었다. 소수였던 중국인 병력을 차별하지 않고 대우했다.

김성녀 여사의 증언에 의하면, 1912년, 100명으로 출범했지만, 부대를 창설할 때는 병력 총원이 500명이 넘었으며, 이내 700명으로 늘었고, 1919년 3·1만세운동 이후에는 1,000명이 넘었다고 한다. 국내에서 많은 의열청년이 몰려왔기 때문이다. 봉오동 대형 막사 3개 동에는 1,000명 정도의 장정들이 상주했다. 연병장은 3,000여 평 규모였다. 수령 수백 년의 거목들은 잘라서 막사를 지었고, 벌목으로 생긴 경사지는 평탄 작업을 하여 연병장 두 개를 더 만들었다.

　　최운산이 군무도독부를 창설하면서 봉오동은 자연스
럽게 북간도 항일 무장투쟁 독립운동의 총사령부가 되었
다. 이 부대가 훗날 북간도 독립운동 단체 통합을 주도
했다. 일본군이 가장 두려워했던 아군의 핵심 전력이었
다. 도독부가 특별했던 점 또 한 가지는 지방국(地方局)
을 두고서 전국 각지에서 간도로 들어오는 젊은이들을 대
상으로 기본 심사를 해서 봉오동으로 올려보내도록 했다
는 것이다.

제7장 대한군무도독부 창설

최운산은 1919년 3·1독립만세운동에 이어 한 달 뒤 4월 11일 임시정부 수립 직후 대한민국의 국호에 맞추어 군무도독부를 대한군무도독부로 개칭하였다. 이로써 최운산 부대(군무도독부)는 대한민국 정부가 인정한 최초의 정규군, 즉 제1호 국군 부대가 된 것이다. 그 상징성과 가치를 말하는 사학자는 없다.

이 무렵, 북간도 지역에는 '군무도독부'처럼 기존의 무장단체 외에도, 다수의 독립운동 단체가 만들어졌다. 그 가운데 가장 대표적인 기관은 대한군정서(大韓軍政署)와 대한국민회(大韓國民會)였다. 그밖에 광복단, 신민단, 의

군부, 의민단, 맹호단 등의 단체들이 종교, 이념, 지연 등의 배경과 이해관계에 따라 생겨났다. 각 단체는 국내에서 몰려드는 젊은이들을 경쟁적으로 받으려 했다. 문제는 무장투쟁 단체들은 독립군을 받아들이는 그 순간부터 식의주(食衣住)를 책임져야 한다는 점이었다. 그 부담은 결과적으로 대부분 동포사회가 감수했다.

한편, 1920년 1월 3일, 임시정부가 만방에 독립전쟁 노선을 선포한 뒤로, 북간도에 있는 여러 독립운동 단체를 통합해야 한다는 논의가 시작되었다. 그런데 항일 단체들이 적대적으로 갈등하며 통합 논의를 힘들게 하고 있었다. 돈 문제였다. 그 과정에서 나라를 되찾겠다는 목적으로 뭉친 결사체들이 갈등하는 일이 벌어졌다. 독립운동자금 모금과 관련된 일로, 우리 독립운동사에서 참으로 부끄러운 대목이다. 어떤 단체는 아군을 적군처럼 여겼다.

일제와의 한판 승부를 벌여야 하는 날이 임박하고 있었

다. 통합이 더욱 절실한 과제가 되었다. 이 절체절명의 시기에 대한군무도독부가 중심을 잡고, 갈등을 조정하며 대동단결을 주도했다. 최운산은 재정이 풍부한 데다 이미 숙련된 병력을 충분히 확보하고 있었다. 그는 오로지 무장투쟁의 철저한 준비와 승전을 위하여 더 많은 독립군을 양성하는 것이 우선적 과제라고 인식했다.

제8장 국내 진공 작전

반병률 교수의 논문 「1920년대 전반 만주-소련 지역 항일 무장투쟁」에서 그 일부를 인용한다.

"봉오동전투 직전까지 군무도독부는 만주와 소련 접경 지역에서 일본군의 국경 초소와 헌병대를 상대로 맹렬한 국내 진공 작전을 전개했다. 이는 소규모 기습공격과 파괴작전을 반복하며 일본군을 혼란에 빠뜨리고, 독립군의 실질적 전투력과 전략적 우위를 과시한 핵심적 항일 무장투쟁의 한 축이었다."

"만주 지역 항일 무장독립군 단체들은 3·1운동 이후 축

적된 무력을 바탕으로 1920년에 들어와서는 더욱 활발한 국내 진공 작전을 펼쳤다. (중략) 상해의 독립신문은 1920년 3월부터 6월까지 독립군의 기습대와 전령대가 협동·도강(渡江)하여 벌인 소전투(小戰鬪)가 32회에 달했으며, 일본 순경대의 정탐병들을 격살하고, 일본 관사와 파출소를 파괴한 것이 34개에 달했다고 보도했다. (중략) 북간도의 독립군 단체들 가운데 군무도독부가 가장 빈번하게 무력 침략을 감행하였다. 독립군들은 온성, 종성 등 국경 지역을 무려 36회에 걸쳐 공격했다."

대한군무도독부는 지리적으로 가까이에 있다는 장점을 활용하여 위와 같은 국내 습격전(진공 작전)을 지속적으로 전개하였다. 특히 1920년대 초부터 수시로 국내의 일본군 수비대를 기습하고, 일제의 주요 시설들을 파괴하였다. 이는 국내에서 활동하는 독립운동가들에게 큰 용기를 주었다. 지속적인 기습 작전은 독립전쟁의 전초전이었다.

소규모로 정예부대를 구성하여, 온성, 회령, 경원 등 두만강 유역의 여러 일본군 국경수비대와 헌병대를 기습했다. "적군의 사격술이 뛰어났다. 일본 헌병대가 극도의 혼란에 빠져서 전멸할 수도 있다는 공포에 빠진 적도 있었다"라는 기록이 「일본군 전투상보」에 남아 있다. 최운산이 총으로 전선과 통신선을 끊은 것이었다. 이 무렵 일본군 수뇌부에는 "만주의 독립군들이 봉오동에서 세(勢)를 불리며 규모가 점점 커지고 있으니, 세력이 더 커지기 전에 토벌해야 한다"라는 밀정들의 보고가 쇄도했다.

일제는 병력을 증원하고, 훈련과 경계를 강화했다. 1920년 4월, 일제의 조선군 사령부는 '봉오동 근거지를 일소한 다음, 다시는 근거지로 사용하지 못하게 하고, 노령과 간도와의 연락을 차단하기 위해 중요 지점에는 군대 및 군경보위단을 늘린다'는 목표를 세우고 중국을 압박하기 시작했다. 1920년 5월 초, 일제는 중국군에게 중일 협동 수사대를 편성하여 독립군 단체들을 소탕하는 일에 나설 것을 요구하였으나, 중국의 반응은 소극적이었다.

일제는 단독행동에 돌입하기 위한 준비를 끝냈다. 최운산의 첩보 활동 덕분에 우리 독립군은 일본군의 동향을 파악하고 있었다. 아군에게는 임전무퇴의 자신감이 넘쳤다. 격전의 시간이 다가오고 있었다.

제9장 북로군정서(北路軍政署) 창설

서일(徐一, 호는 白圃, 1881~1921)은 1911년 무장투쟁을 하려고 20년 연상의 동지 현천묵(玄天默, 1862~1928)과 함께 가족을 데리고 두만강을 건넜다. 두 사람은 봉오동에서 최운산을 극적으로 만났다. 그 시절, 독립운동하려고 북간도로 들어오는 사람들의 대부분은 최운산을 찾아왔다. 아무나 지원하는 것은 아니었다. 밀정이 많았기 때문에 처음 보는 사람들은 서로 상대를 의심했다. 하지만 걸러내는 엄격한 기준과 경험적 지혜가 있었다.

서일은 거기서 최운산과 모종의 논의를 하고 있던 고향 친구 안무와 극적으로 상봉했다. 최운산은 이 유력한 보증인을 믿고 두 가족을 안전한 곳에 자리 잡도록 했다. 서일은 그곳에서 현천묵과 함께 교육사업에 힘쓰며 대종교를 중광(重光)했다. 그렇게 9년 동안 민족종교를 크게 중흥시켰다. '중광'(重光)은 대종교 역사를 통틀어 핵심적인 개념으로, '빛을 다시 밝힌다'는 뜻이다. 단군 신앙의 부활과 민족 자긍심의 회복을 의미한다.

1919년, 최운산과 서일은 의기투합하여 1919년 12월에 군정서를 창설했다. 일체의 소요 군비(所要軍費)는 물론, 부대와 연성소(훈련소) 부지를 모두 최운산이 제공했다. 부대는 두 가족이 미리 정착한 왕청현 서대파에, 연성소는 인근 십리평에 설치했다. 그 험산준령 지역에 드물게 길이가 10리나 되는 개활지가 있었다. 그래서 지명도 십리평이라고 했다. 군정서 병력의 대부분은 대종교 신도였다.

서일과 최운산이 상의하여 연성소장에는 김좌진(金佐鎭, 1889~1930)을 임명했다. 그 부대가 바로 북간도 최대의 독립운동 단체로 성장한 대한북로군정서다. 이 단체는 훗날 대한북로독군부, 홍범도의 대한독립군과 함께 청산리전투의 주역이 된다. 서일 장군 전기인『백포종사』에는 "북로군정서가 창설된 서대파(덕원리)는 최운산 형제들의 땅이었다"라고 기록되어 있다. 실은 최운산의 땅이었다.

서일은 1921년 8월 27일 자진(自盡)하였다. 마흔 갓 넘은 젊은 지도자의 요절은 안타깝고 슬픈 일이었지만, 그 시절 독립운동 지도자들의 생사관은 대개 이러하였다. 그의 죽음에 대해서 몇 가지 주장이 있으나, 자결설이 유력하다. 부친 서재운도 아들이 자살했다고 말했고, 일제의 문서에도 같은 기록이 있다. 대종교에서는 백포(白圃) 선생을 철학적 논리와 과학적 증명으로 교리를 체계화한 거철(巨哲)로 존경하며 성인(聖人)으로 추앙한다. 1962년 건국훈장 독립장이 추서되었다. 두 사람의 관계를 종합해보면, 최운산의 훈격(등급)은 서일과 같거나 높아야 옳다.

그 시절, 독립운동가들은 예외 없이 언제 어디서 어떻게 생을 마감할지 모르는 운명의 주인공들이었다. 최운산은 만주 갑부로서, 그리고 민족의 구국과 해방을 이끈 지도자로서 흉적 일제를 진멸하는 일에 목숨을 걸고 활약하는 독립운동가 다수를 지원했다. 그 수혜자 가운데 백포 서일이 대표적 인물이었다. 우리 역사는 최운산과 서일이 대한북로군정서를 공동으로 창설한 사실은 말하지 않는다. 대신 그 두 사람이 임명한 백야 김좌진만 말한다. 세 사람의 열정과 헌신을 있는 그대로 다루는 것이 마땅할 뿐 아니라, 후대의 교육을 위해서도 효과적이다. 이는 북간도 무장투쟁사 연구가 충분히 이루어지지 못했다는 증거다.

제10장 대한북로독군부의 탄생

대한군무도독부(大韓北路督軍府)는 1920년 5월 3일, 봉오동에 북간도를 대표하는 국민회, 군정서, 신민회, 광복단, 의군부 등 6개 단체의 대표들을 초청하여 연합회의를 개최했다. 회의의 주요 안건은 당연히 통합 논의였으며, 하루에 끝나지 않고 여러 날 이어졌다. 3월부터 이미 여러 차례의 회의가 진행되었고, 이날 통합 논의가 어느 정도 정리되었다.

일본의 외무성과 중국의 길림도윤공서의 문서고 자료에도 같은 내용의 기록이 있다. 그 회동에서 '재북간도각기관협의회서약서'(在北懇島各機關協議會誓約書) 18개

조의 초안을 작성하고, 5월 5일 자로 체결했다. 나아가 참여 기관 및 단체들이 포함된 기관협의회를 구성했다. 5월 6일과 7일에도 각 단체의 대표자 회의가 진행되었다.

일본 외무성 자료는 국민회에서는 구춘선(1857~1944), 유예균, 김규영, 최기학 등이 참석했고, 군정서에서는 서일, 의군단에서는 신봉래, 도독부에서는 최명록, 신민단과 광복단 각 지부 대표자 등 50여 명이 각각 참석하여 서약서를 의결하고 배포하기로 결정했다고 기록되어 있다. 당시 봉오동 본부는 출입증이 없으면 드나들 수 없도록 엄격하게 통제되고 있었기 때문에 각 단체에 배포된 서류를 일제가 밀정들로부터 입수한 것으로 추정된다.

재북간도각기관협의회 통합서약서 전문

1. 본 협의회에 참가한 신민단, 군정서, 도독부, 광복단, 국민회, 의군단은 5월 11일(음력 3월 23일)에 모연대(募捐隊)를 소환한다.

2. 각 기관 내 군적(軍籍) 등록한 군인은 상호 강제로 편입할 수 없게 한다.

3. 차후로는 지방 기관 설립 및 인원 모집은 민의에 따른다.

4. 각 기관은 모금이 필요할 시에는 협의회의 의결에 따른다.

5. 어떤 기관과 기관이 쌍방 암의(頷意)로 연합할 경우, 협의회는 찬성한다.

*'암의'는 동의(同意)와 비슷한 말이다.

6. 각 기관의 지방 기관에 대하여 상호 침해할 수 없다.

7. 각 단체(自團體) 통신기관에 대하여는 물론, 각 단체의 통신을 급속, 신실하게 전달한다.

8. 각 단체의 어느 기관을 불문하고 경보 있을 시는 합력, 구원한다.

9. 사업 진행상 비시(卑狋)기관의 능력으로 처결할 수 없을 시는 협의회에 제출한다.

*'卑狋'는 상위도 아니고 주력도 아닌 하위 말단을 뜻한다.

10. 금일 회의에 내참(來參)하지 않은 단체에 대하여 상호 성의로 권고하여 본회의에 참가하도록 한다.

11. 협의회 기관보를 발행한다.

12. 매월 1일과 15일을 협의회 정기회기로 정한다.

13. 특별 사항이 있을 시에 2개 기관 이상이 동의하면 특별회를 개최한다.

14. 협의회 의원은 각 기관으로부터 2인씩 매차 파견한다.

15. 금일 이후 새로운 단체가 생기면 협의회에서 이를 취소한다.

16. 일후(日後) 긴요사정에 의하여 위의 제반 조건은 협의회의 결의로 증산(增刪)할 수 있다.

*'증산'(增刪)은 시문(詩文) 또는 문서의 내용 일부를 보충하거나 삭제하는 행위를 말한다.

17. 이상 조약에 위반하는 기관이 있을 시는 2차 권고로 반성하지 않으면 '최후의 수단'을 쓴다.

18. 위 서약서 기일은 오는 11일로 한다.

대한민국 2년 5월 5일

신민단 대표 김준근 이흥수

군정서 대표 나중소 김좌진

군무도독부 대표 최진동 이태범

광복단 대표 전성륜 홍두극

국민회 대표 김병록 김규찬

의군부 대표 김종헌 박재눌

위와 같은 협의회 서약서가 나오기까지 여러 난관이 있었는데, 그 가운데 가장 심각했던 것은 통합에 참여한 단체들의 국민회에 대한 불신이었다. 그래서 5월 5일 서약서를 체결한 뒤, 별도로 '5개 기관의 국민회에 대한 요구의 건' 7개 항을 별도로 작성하여 국민회가 저지른 금전 강탈 사건, 그 처리 과정 및 내용에 관하여 공식 사과를 요구했고, 이에 대하여 국민회는 김병록과 김규찬의 명의로 타 단체의 요구 사항을 실행하도록 노력하겠다는 각서로 보증하였다.

통합의 완벽을 위한 추가 서약서

국민회에 대한 요구 7개 항

1. 민국 원년 11월 발표한 "각 단체를 파괴하라"라는 고유문(告諭文)을 선포한 데 대하여 각 단체에게 사죄하고 다시 선포문을 낸다. 그 내용에는 특정 단체나 기관의 방침, 명령, 통지 사항 등이 포함된다.

*고유문(告諭文)은 정부나 기관이 특정 사안을 주민들에게 알릴 목적으로 작성한 문서를 뜻한다.

2. 임시정부에 파견한 대의사(代議士) 2인은 민의에 의하지 않았으므로 즉시 소환한다.

3. 각 단체 인원에게 구타를 한 데 대하여 선포문으로 사죄한다.

4. 각 기관이 예약 혹은 적치한 금전을 강탈 혹은 편취한 것은 협의회에 납부한다.

5. 계봉우(1880~1959), 구춘선 국민회장 등이 중국 연변의 도윤공서(道尹公署)에게 장서(長書)를 보내어 북간도 諸단체가 독립을 자탁(藉托, 빙자하거나 핑계를 댐)하

야 강도적 행위로 인민을 학대하는 것을 진압하여 달라고 한 사실의 증거 확명할 시에는 국민회에서 그 책임을 질 것.

개인 명의로 한 것이라면 협의회에 인도할 것. 사실과 흡사한 내용이 '吉長報'(길장보, 길림과 장춘 지역의 사건·사고를 다루는 중국 신문. 북만주 지역에서 벌어지던 우리 독립운동과 관련한 기사를 종종 실었음)에 기재된 것을 김규찬 씨가 협의회 자리에서 언명하였다.

6. 민국 2년 4월 발표한 고유문 제3호의 사의(辭意): 각 단체로 하여금 의방(疑謗)을 일으키게 되는바, 이를 만족하게 변명한다.

*'의방'은 근거 없이 의심하거나 남을 헐뜯는 행위를 뜻한다.

7. 청구사건 시일기일은 3주일 이내로 한다.

대한민국 2년 5월 5일.

신민단 대표 김준근 이홍수

군정서 대표 나중소 김좌진

군무도독부 대표 최진동 이태범

광복단 대표 전성륜 홍두극

의군부 대표 김종헌 박재순 박재눌

국민회 귀중

국민회의 문제점이 심각한 수준이었는데도, 모든 단체가 통합의 대의를 우선한 것은 높이 평가받을 만하다. 개인이든 단체든 이처럼 굴욕적인 서명을 하는 일은 쉽지 않다. 이로부터 정확하게 2주 뒤인 5월 19일, 대한군무도독부는 대한국민회와 다음과 같은 내용으로 서약을 체결한다. 이것이 통합을 위한 최종 약속이었다.

'대한북로독군부' 성립 서약서

아양기관(我兩機關)은 민족정신의 통일과 군무 세력의 확장을 위하여 영구합일(永久合一)할 것을 확실히 서약한다.

1. 국민회의 군무위원회와 군무도독부의 명칭을 취소하고 기관을 통합하여 대한북로독군부(大韓北路督軍府)라고 개칭한다.

2. 국민회는 행정기관, 대한북로독군부는 군사 기관으로 하여, 사무를 각각 집행할 것으로 하여 국민회는 북로독군부를 보조하고, 일체 군무를 주비할 것.

*'주비(籌備)'는 어떤 일을 계획하고 준비하는 일을 뜻한다.

3. 전 도독부의 지방 기관인 地方局(지방국)은 국민회에 귀속할 것

본 계약서는 양 기관 대표자가 서약서에 날인일로부터 시행한다.

대한민국 2년 5월 19일

대한군무도독부 대표 최진동

대한국민회 대표 김병록

군무위원회 대표 안무

이 서약을 마지막으로 하여 북간도 항일 무장 투쟁 단체들은 마침내 통합을 완성한다. 최종 협약 문서의 핵심 내용은 '국민회는 행정 기관, 대한북로독군부는 군사 기관으로 사무를 집행'하고, '국민회는 북로독군부를 행정으로 보조한다'는 것이었다. 이 문서의 또 다른 의미는 최운산 형제들이 통합의 주역이라는 것이다. 봉오동은 북간도 무장투쟁사의 독보적인 상징이었다. 북간도의 유일한 통일 기관을 자임하며, 타 단체의 파괴를 외치던 대한국민회가 군사 기관으로서의 지위를 대한북로독군부에 위임하여 행정 기관으로서 일체의 군무를 보조할 것을 서약하고, 대한북로독군부에 통합된 것이다.

최운산의 전 재산 희사

재북간도각기관협의회가 구성되면서, 북간도에서 무장단체들의 독자적인 모연이 금지되고, 군자금에 대한 부담이 커졌다. 이같이 힘든 상황에서 대한군무도독부 최운산 장군은 독립전쟁을 목전에 두고, 마침내 북간도 무장단체들의 통합을 위하여 전 재산을 내놓는 결단을 하였다. 이로써 그는 향후 소요 군자금 전액을 책임지면서 북간도 무장단체들의 통합을 주도했다.

최운산 공훈신청서에도 "개별적으로 활동하던 북만주 독립군들이 봉오동을 근거지로 하여 통합하게 된 제1원인은 동참하는 독립군 단체들의 무기 및 모든 장비, 피복, 식량 등 제반 자금 문제를 최운산이 모두 책임지기로 합의한 것에 있다"라고 적시하고 있다.

다음의 인용문을 다시 읽어 보라. 이 분야의 권위자인 신용하 교수가 최운산의 부인 김성녀 여사의 탄원 내용과 같은 주장을 한 기록이다.

"일제와의 결전을 앞두고 무장단체들이 전격적으로 대한군무도독부에 통합하여 대한북로독군부를 성립했고,

대한북로독군부의 성립에 있어서는 봉오동에 거대한 토지와 재산을 가지고 있던 최진동 삼 형제가 가산을 모두 독립군에 헌납하여 막대한 군비를 조달한 것이 '결정적인 기반'이 되어 일대 독립군 군단이 탄생했다."

이 인용문은 신 교수가 1988년에 쓴 『독립군의 봉오동 전투와 청산리 독립전쟁』, 『한국근대민족운동사연구』에 나와 있다.

대한국민회가 합의에 응한 이유는 한두 가지가 아니었다. 그 가운데 가장 특별한 점은 두 가지다. 하나는 북간도 독립운동 단체들 전체를 대표하여 대한군무도독부 최진동이 단독 서명했다는 점이고, 또 하나는 최운산이 사재 전액을 희사하겠다고 천명한 점이다.

국민회의 입장을 확인하는 최종 계약서에는 지금까지 6개 단체가 통합 논의에 참여했는데도 왜 대한군무도독부의 최진동 장군이 단독으로 서명했겠는가? 이는 최씨 삼 형제, 특히 최운산이 모든 독립투쟁 단체를 자대(自隊)

인 도독부 수준으로 무장시키고, 의식주를 책임지는 것을 전제로 북간도 독립운동 단체의 통합을 주도하고 마침내 성립시켰다는 증거다.

위와 같이 통합 작업이 진행되던 과정에서 세 차례의 계약이 맺어졌다. 첫 번째는 재북간도각기관협의회서약서 18개 항이고, 두 번째는 통합의 완벽을 위한 서약서 7개 항이며, 세 번째는 대한북로독군부 성립 서약서 3개 항이었다. 이 단계적 계약들이 긴박하게 진척되는 동안 그 어떤 문서에서도 홍범도의 이름은 등장하지 않는다. 국민회 조직도에서 홍범도는 정일(征日) 제1사령부장 직책이었다. 이 직책이 '봉오동전투'에 관한 몇 가지 기록에서 홍범도를 '사령관'으로 왜곡한 근거다. 그 결전의 날, 홍범도는 통합군단인 대한북로독군부의 두 '연대장' 가운데 한 사람이었다. 이 같은 전후 사정을 고려하면, 봉오동전투에서 홍범도가 총사령관이었다거나 사격명령을 내렸다는 주장은 설득력이 약하다.

　그리고 이상의 모든 회의가 예외 없이 최 씨 집안의 사가(私家)인 봉오동에서 이루어졌다는 점, 참석한 독립군 단체들에 필요한 모든 것을 이 집안의 지원에 의지하고 있었다는 점이 뜻하는 바가 무엇이겠는가. 김성녀·최봉우 모자, 그리고 연변에서 살았던 최운산·김성녀의 장녀 청옥의 증언에 의하면, 며칠 동안 회의를 마치고 귀대할 때는 매번 각 단체의 대표와 수행 병력이 여러 대의 마차에 먹거리와 군수품을 가득 싣고 떠났으며, 그 행렬은 끝이 보이지 않았다고 한다.

제11장 봉오동 독립전쟁

어떤 전쟁이든 한쪽이 승자가 되면 상대편은 패자가 된다. 무승부는 없다. 봉오동전투도 예외일 수 없다.

우리 모두 알다시피 1920년 6월 7일, 그 봉오동전투는 일제강점기 북간도 항일 무장투쟁 독립군단이 일본 정규군과 싸워서 압도적인 승리를 거둔 역사적 사건이었다. 그래서 우리 독립운동사에 자랑스럽게 기록되어 있다. 그 의심할 여지가 없는 역사에 대해서 정반대의 주장을 하는 이도 있다.

여러 종류의 기록 가운데 가장 극단적인 경우를 살펴보

자. 일본방위대학 교수 사사키 하루다카(佐佐木春隆)는 심지어 "봉오동전투는 일본이 이긴 전쟁"이라고 발표했다. 전쟁사 전문가가 이렇게 황당무계한 내용을 두 차례(1979년, 1985년)나 발표한 것은 그에 부합하는 엉터리 사료가 있으며, 그의 가슴속에 뜨거운 일본 국수주의가 들어 있음을 뜻한다. 전과에 관한 기록도 양측이 다르고, 국내 기록들도 통일되어 있지 않은 게 사실이다.

독립운동사를 좀 읽었다는 사람들도 영화 '봉오동전투'에서처럼 실제 전쟁에서도 우리 독립군들이 먹을 것 제대로 못 먹고, 입을 것 제대로 입지 못한 채 오직 정신력으로 일본군과 싸워서 이겼다고 얘기한다. 당시 일본군은 미국, 영국, 프랑스, 소련 등의 군대에 비하여 밀리지 않을 정도로 막강했다. 이 전쟁의 의의는 봉오동의 대한북로독군부가 그러한 일본군과 맞붙어 결사항전하였고, 압승을 거두었다는 점이다. 일본의 처지에서는 도저히 질 수 없는 싸움에서 완패를 당한 것이다.

아군은 실제로 그 막강한 일본군에 비하여 조금도 뒤지지 않는, 당시(1920년 전후)의 최신형 무기로 무장했으며, 훈련을 포함하여 모든 전투 준비가 완벽했다. 사기 또한 하늘을 찔렀다. 그 상태에서 일전을 벌인 것이다. "우리 독립군이 적군 못지않게 무장하고, 나라를 되찾겠다는 구국일념으로 훈련하고 대비했기 때문에, 넘치는 자신감으로 싸워서 대승을 거둔 것"이라고 쓰거나 말하면 옳지만, "석기시대 무기, 남루하기 짝이 없는 피복, 식사가 끝나자마자 배가 고픈 엉터리 취사, 부실한 의무대 등 모든 것이 취약한 여건이었지만, 어느 위대한 장군의 탁월한 지휘 아래서 죽기살기로 맞붙어 이겼다"라고 주장하면, 소위 '국뽕 선전대'의 말장난에 불과하다.

그 전쟁은 한여름 밤에 진행된 한일전 축구 경기처럼 비도 오고 우박도 쏟아지던 그 악천후 속에서, 1920년 6월 7일 하루 동안, 서로 화끈하게 한 게임 하고 끝낸 그런 싸움이 아니었다. 어느 위대한 장수가 신출귀몰(神出鬼沒)하며, 동서남북(東西南北), 상하고저(上下高低)의 험한 지형 이쪽저쪽을 쉬지 않고 날아다니면서, 적들을 옴짝달싹하지 못하도록 코너로 몰아넣고는 마지막에 결정적 한 방 먹여서 섬멸한, 그런 전쟁도 역시 아니었다.

10년 동안 유비무환(有備無患)의 태도를 지켜온 최운산과 그 형제의 성실성, 뜨거운 애국심, 그리고 천문학적인 사재를 헌납한 '초인적 이바지'를 바탕으로 거대 통합 군단 대한북로독군부가 거둔 완승이었다.

전황

6월 4일: 대한북로독군부 독립군의 '전진부대'가 두만강변 강양동(江陽洞)의 국경수비대(일본군 헌병 초소)를 습격한 후 후퇴. 강양동 습격전과 삼둔자(三屯子) 교전이 있었다는 것은 「임정 군무부 발표문」과 「일본군 봉오동 전투 상보」(이하 「전투상보」)가 정확하게 일치한다.

6월 5일: 다음 날 밤 10시까지 서로 싸우지 않고 탐색전을 벌였다. 일본군은 5~6일 이틀 동안 봉오동으로 진격할 병력을 모으고 전투 개시에 필요한 군수물자(일반보급품과 무기류)를 마련하였다.

6월 6일 밤 10시: 삼둔자에서 교전(「전투상보」에는 오후 9시 30분으로 기록되어 있음). 하마탕(蛤蟆塘)에서 집결하여 출전 준비를 하던 일본군은 도강 위치를 바꾸어 밤새 안산(鞍山)으로 진격했다.

6월 7일: 새벽 3시 30분. 안산 부근 300미터 교전(「전투상보」에는 3시 45분 안산 북방 2,000미터에서 교전한 것으로 기록되어 있음). 안산전투 후, 일본군은 봉오동 마을 길을 따라 진입하지 않고, 옆으로 돌아 고려령 산줄기를 따라 봉오동 중촌을 향해 산을 넘어오기 시작했다.

오전 6시 30분에 고려령 서편 1,500미터 지점에 도착하자마자 전투가 벌어졌다(「전투상보」에는 오전 6시에 표고 334고지에서 교전한 것으로 기록되어 있음). 적은 오전 11경, 대한군무도독부 본부가 있는 봉오동 중촌에 도착했다. 오후 1시경 봉오동에서 본격적으로 전투가 개시되었다.

"7일 오후 1시. 일본 보병부대 본진이 봉오동에 도착했다. 산 위에 매복한 아군은 적군이 모두 산으로 들어오기를 기다리고 있었다. 마을은 이미 텅 비어 있었다. 산길을 따라 들어온 일본군의 후미가 매복 지점을 지날 무렵, 최고봉인 봉초봉의 독립수(獨立樹) 아래에 서 있던 최진동 장군이 전투 개시를 알리는 신호총을 발사했다. 이와 동시에 아군의 맹렬한 사격이 시작되었다.

사나운 공방이 몇 시간 동안 이어지던 중, 오후 4시 반쯤에 날씨가 급변했다. 앞을 분간할 수 없을 정도로 폭우가 내리고 어린아이 주먹 크기의 우박이 쏟아졌다. 날이 어두워지면서 기온이 내려갔다. 앞은 보이지 않는데, 산 위의 독립군은 총격을 멈추지 않았다. 그로써 일본군은 대혼란에 빠졌다. 전의를 상실할 정도로 대타격을 입고 퇴각을 결정했다. 하늘도 독립군을 도와준 것이다.”

목격자의 증언

당시 다가오는 일본군의 모습을 목격한 최운산 장군의 큰딸 청옥(당시 아홉 살, 1912년생)의 진술이 생생하다. 1·4후퇴 때 남쪽으로 피난 내려와서 부산에 정착한 최봉우는 지난 1983년 남북 이산가족 찾기 운동 때 극적으로 연변에 사는 큰누나 최청옥을 찾았다. 70대 후반의 그녀가 동생네(부산 최봉우家)에 와서 어린 시절 겪은 봉오동 전투의 목격담을 풀어 놓은 것이다.

“왜군들은 어깨에 견장을 붙이고, 긴 장화를 신었다. 그것들은 번쩍거리는 나팔을 요란하게 불며 산으로 올라가고 있었다. 마을을 수색하던 놈들이 ‘우리 집’(대한군무도독부의 본부가 있던 최운산 장군의 집) 마굿간에서 말 몇 마리를 발견하고 끌고 갔다. 가장 보기 좋은 백마는 대장이 타고, 나머지는 지놈들 무기 수레를 끌고 산을 넘어온 말들이 지쳤다 하여, 우리 집 말들이 대신 수레를 끌고 상촌으로 올라갔다.”

“벼락같은 총소리가 나면서 콩볶는 듯한 기관총 사격이 계속되자 일본군이 타고 상촌으로 향하던 말들이 놀라서 펄쩍펄쩍 뛰어올랐다. 백마에 탔던 장교는 낙마하여 즉사했다. 수레에 기관총과 대포를 싣고 가던 말들은 되돌아 마을로 달렸다. 이 말들은 적군의 무기를 통째로 빼앗아 성채(城砦)로 돌아온 전사(戰士)나 다름없었다.”

이 증언을 읽으면서 특별한 생각이 들었다. 최청옥은 여기서 ‘우리 집’이라는 표현을 썼다. ‘봉오동전투’의 총사령부가 소녀의 집이었다는 사실은 그 개인사와 가족사의 범주를 넘어 민족사적 의미를 상기시킨다. 이는 누가 봉오동전투를 주도하여 위대한 역사를 일구었는지를 보여주는 귀중한 증거이기도 하다.

일본군이 본 적군의 전투력

　봉오동전투에서 대한북로독군부 대원들을 만난 일본 군들은 큰 충격을 받았다. 일제가 패전 직후 상부에 보고한 「봉오동전투상보」와 전보문의 내용들은 다음과 같다.

　"적(독립군)은 전부 러시아식 소총을 휴대하고 있다. 탄약도 상당량이었다. 사격 훈련도 상당히 잘되어 있다.", "측량이 불확실한 700~800미터 거리에서도 사격을 하며, 지형을 이용해서 방어할 때는 상당한 전투력을 가지고 또 용감하게 싸운다.", "봉오동에 있는 적군은 정식 군복을 착용하고, 그 임명과 해임 등에 관한 사령(辭令)을 쓰고 있으며, 전적으로 정규군과 같은 통일된 군대 조직을 갖추고 있다.", "병사들의 복장은 상하가 황색이고, 모자 또한 같은 황색으로 태극장을 달았으며, 예복에는 매화형 금장이 박힌 견장을 달고, 헌병대는 오른쪽에 검은색 흉장을 달았다. 그리고 장교들은 모자와 견장에다 금줄을 넣었다."

위처럼 상세하게 기록하고 있다. 이는 일본군이 적군(독립군)에 대한 자신들의 예상이 크게 빗나간 것에 관하여 놀라워하는 적정(敵情) 보고서다. 그래서 일제는 무장 투쟁의 열기가 뜨거웠던 1920년의 간도 정세에 대해서 다음과 같은 문서를 남겨 놓았다.

"간도는 재외 불령선인(不逞鮮人, 독립군) 단체 모든 세력이 집중하는 곳으로서, 이 지역에 있는 각 불령단의 무력은 즉 조선독립 표방자가 가지는 위력의 대부분이라도 해도 과언이 아니다. 소위 상해임시정부도 간도의 무력 단체를 배경으로 하고 있기 때문에 그 존재를 인정받고 있다. 또 조선 내에 있는 무식한 자들은 이 무력 단체의 위력을 과신하기 때문에 자칫 독립이 가능하다고 믿는 경향이 있다. 따라서 간도의 불령선인단(북간도 항일 무장투쟁 단체)은 조선 내의 치안 유지상 가장 중시해야 한다."

-[大正 9년 10월, 조선총독부 경무국의 간도 현황 보고 자료]

여기에 매우 특별한 표현이 들어 있다.

"상해임시정부가 그 존재를 인정받고 민중이 독립의 가능성을 믿는 근거가 간도에서 활약하는 무장단체의 위력 덕분"이라고 평가한다는 점이다. 실질적으로, 임시정부의 존립 근거가 바로 북간도 항일 무장단체라는 말이다. 그 중심에 대한북로독군부가 있었다. 그 핵심 무력이 최운산의 봉오동 대한군무도독부였다. 봉오동전투는 일제가 적군(독립군)과 싸웠던 전투들과 비교했을 때, 그 중요성과 위상의 차원이 달랐다. 지금까지도 패배를 인정하지 않고, 심지어 "일본이 이긴 전쟁"이라고 주장하는 것은 역사 전쟁에서는 결코 패할 수 없다는 '황국신민의 태도'라고 할 수 있다.

제12장 '봉오동史'의 서술 변화

우리 항일 무장투쟁 독립운동사에서, 봉오동전투에 관한 연구는 상해임시정부 군무총장 겸 국무총리 이동휘 선생(1873~1935)이 1920년 11월 2일에 발표한 「北墾島에 在한 我獨立軍의 戰鬪報告」(북간도에서 활동하는 우리 독립군들의 전투 보고)를 중심으로 이루어져 왔다. 군무무 발표 원문은 시간이 지나면서 아주 조금씩 미세하게, 때로는 과감하게 바뀌었다.

원본 훼손의 시작

발표 원문을 요약하면, 총사령관 최진동이 최종 작전

계획을 세우고, 부대원들을 상촌에 매복시킨 다음, 가장 높은 위치에 있는 큰 나무의 아래(獨立樹下)에서 전투를 총괄지휘했다는 점과 사령관의 지휘호령에 의한 급사격(急射擊)으로 적을 크게 무찔렀다고 서술되어 있다는 것이다.

시간이 흐름에 따라, 관련 연구자들은 '급사격'을 명령한 당사자를 기술하는 대목에서 '사령부장 홍범도'로, 또는 '홍범도의 사격명령'으로 바꾼다. 이 '사령부장'이 어떤 논문에서는 '사령관'으로 바뀐다. '사령부장'이 '사령관'으로 승격된 것이다. 실수가 아니라면 괴이한 일이다.

왜곡 사례와 연관 증언들

1. 독립운동사 편찬위원회가 1970년에 발간한 『독립운동사』 358쪽, 360쪽을 보면, 원본이 아래와 같이 바뀌어 있다.

"독립군 사령관 최진동은 곧 부하(府下)의 일부 병력을 삼둔자 서남쪽에 잠복시킨 후, 약간의 군사로 나가 싸우다가, 거짓 패하는 척 후퇴하게 하니, 무모한 적군은 추격하여 독립군이 잠복해 있는 곳까지 도착하였다. (중략)

.... 연대장 홍범도는 2개 중대를 거느리고 서산북단에 자리 잡고 전투태세를 엄밀히 하되, 적의 선봉 부대가 아군 포위 중에 들어오기를 기다려, 연대장 홍범도의 발포를 신호로 일제사격을 가하기로 하였다. (중략)

여기에 다시 사령관 최진동과 부관 안무는 동북산성 최고봉 큰 나무 아래서 총지휘를 하게 되니, 독립군의 작전태세는 완벽을 이루었다. 적군은 선봉 부대의 뒤를 따라 주력부대까지도 삿갓을 뒤집어 놓은 것 같은 봉오동 안으로 들어오게 되었다. 여기서 연대장 홍범도의 공격명령이 내려졌다. 1발의 신호 총성에 따라 독립군은 3면으로 포위공격을 개시하였다."

　"연대장 홍범도의 발포를 신호로 일제사격을 가하기로 하였다"라는 대목은 임시정부 군무부 발표 원문에 없는 문장이다. 누군가가 집어넣은 것이다. 그리고 결정적으로 이 인용문에서 '사령관의 지휘명령에 의한 급사격'이 '연대장 홍범도의 공격명령'으로 바뀌었다. 이는 같은 문단 안에서 "사령관 최진동이 최고봉의 큰 나무 아래서 총지휘를 했다"라는 서술과 상치된다. 없던 사실을 끼워 넣으면서 전체 문맥을 고려하지 않은 탓이다.

　봉오동전투에서, 홍범도는 2개 중대를 이끄는 연대장으로서, 총 4개 중대와 2개 연대, 즉 총 8개 중대로 구성된 6개의 공격조 가운데 1개 조의 책임자였다. 중대장이나 연대장이 부여받은 부분적 지휘권으로 아군 병력 전체를 지휘할 수 있는 부대는 세상에 없는 법이다. 어느 시대, 어떤 군대에서도 중대장이 연대장 노릇을 할 수 없고, 연대장이 사단장 노릇을 할 수 없다. 최진동·최운산 형제는 현장의 실제 주인으로서, 12년 동안 봉오동을 군사기지로 요새화한 장본인들이었다. 그들은 눈을 감고서

도 봉오동 성채와 주변을 구석구석 찾아다닐 수 있는 사
람들이었다.

최진동 사령관 옆에는 북간도에서 명성이 자자했던 국
민회의 안무 장군과 의군부 허영장 등이 있었다. 홍범도
가 속해 있던 국민회군의 대표 안무가 최진동의 부관이
었다.

2. 신재홍, 『獨立軍의 抗戰』(독립군의 항전), 한국사 21,
국사편찬위원회, 1984년.

"두 차례의 패전 보고를 접한 일군(日軍) 제39사단장은
안천 소좌(安川少佐)에게 일개 대대 병력을 주어 일거에
대한독립군을 격멸할 것을 명령하였다. 6월 6일(1920년)
일본군 대대 병력이 대한독립군의 본영인 봉오동을 향하
여 진격해 왔다. 이와 같은 일군의 동태를 파악한 대한
독립군은 곧 작전계획을 수립하고 전투대형을 취하였다.
독립군 연대장 홍범도는 전 부대(부대의 모든 병력)를 연

병장에 집결시키고는 작전명령을 하달하였다."

　신 씨는 봉오동을 대한독립군의 본영으로 바꾸고 대한
북로독군부를 대한독립군으로 바꾸어 놓았다. 1908년 최
씨 집안의 이주 이후, 1920년 6월 전쟁 때까지 봉오동이
어떻게 정착·발전·변화(요새화)되어 왔는지에 관한 정보
는 아예 없었던 것으로 보인다. 그는 또한 홍범도가 봉오
동에 언제 들어왔는지도 전혀 몰랐던 것 같다. 혹시 다 알
고서도 이렇게 쓴 것은 아닐까. 그런 생각도 지울 수 없
다. 이 기록은 결과적으로 텍스트 원본을 심하게 훼손했
다. 지금도 한국민족문화대백과사전에는 대한독립군의
근거지를 봉오동이라고 기록하고 있다. 이 기록을 베꼈
기 때문이다.

　3. 신용하, 『봉오동전투와 청산리독립전쟁』, 한국독립
운동사 4권, 국사편찬위원회, 1988년.
　"사령부장 홍범도는 북로독군부의 독립군 전원에게 일
본군의 본대가 독립군의 포위망 안에 완전히 들어올 때까

지 미동도 하지 말고 매복해 있다가 사령부장의 발포 신호에 따라 일제사격으로 총공격을 가해서 일본군을 섬멸해버릴 것을 명하였다.

북로독군부의 독립군이 완벽한 포위망을 쳐 놓고 기다리고 있는 줄은 알지 못하고, 일본군 척후병이 오후 1시(1920년 6월 7일)에 독립군의 포위망 안에 도착해도 이를 통과시켜주자, 일본군 본대는 안심하고 독립군의 포위망 안으로 깊숙이 들어오게 되었다.

이에 사령부장 홍범도는 공격명령의 신호 총성을 울리었다. 매복해 있던 독립군들이 3면에서 정확히 조준하고 있다가 맹렬한 집중사격을 가하니, 일본군은 상대가 될 수 없었다. 일본군은 완전히 참패하여 패잔병을 이끌고 돌아갔다."

신용하는 '연대장 홍범도'라고 되어 있는 원문의 기록을 '사령부장 홍범도'로 바꾸어 놓았다. 그리고 "사령관 최

진동의 지휘로 공격이 시작되었다.”라는 서술을 생략함
으로써, 홍범도가 군사 지휘 책임자라는 인식을 심어주
었다. 군무부 발표문에는 ‘사령부장’이라는 표현이 없다.

　4. 윤병석,「한국독립군의 봉오동 승첩 小考」,『한국민족
운동사연구 4』, 1989년.

　“홍범도 사령관은 이같이 진군해 들어오는 일군을 맞이
해서 먼저 주민을 전부 산중으로 대피케 해서 공동화(空
洞化)한 후, 독립군 전원에게 다음과 같은 작전계획을 시
달했다. 이때 홍범도 사령관은 일제공격의 신호탄을 발
사하였다. 그동안 은인자중(隱忍自重)하며 매복하고 있
던 독립군은 삼면고지에서 일제히 집중사격을 개시하였
다.”

　윤 교수는 마침내 홍범도를 사령관으로 호칭하며, ‘홍범
도 사령관의 일제공격 신호탄’이라고 서술함으로써, 홍범
도가 전투를 총괄지휘한 사령관이었던 것처럼 바꾸어 놓

았다. 임정 군무부 발표 원문과 비교하면, 황당무계한 수준의 왜곡이다. 그뿐만 아니라 그는 일군이 진군해 오자 홍범도가 봉오동 주민들을 대피시키고, 마을을 비우게 했다고 서술했다. 당일에 안전하게 피난 조치했다는 말이다. 김성녀 여사의 증언에 따르면, 최운산 장군이 전투가 벌어지기 2주 전에 봉오동 주민들을 안전한 곳으로 대피시켰다는 것이다.

5. 장세윤, 『홍범도의 생애와 독립전쟁』, 독립기념관, 161쪽, 1997년.

"봉오동전투가 한창이던 오후 4시 20분경, 갑자기 천둥번개가 치고, 비와 우박이 폭풍과 함께 거세게 쏟아져 상대를 구분할 수 없을 정도로 어두워지는 기상이변이 있었다. 이러한 사태가 벌어지자 사령부장 홍범도는 신호용 나팔을 불어 독립군의 철수를 명하였다. 이 틈을 타서 일본군은 패주한 것이다. 다만 유감스럽게도 홍범도의 직접적 지휘를 받지 않던 신민단 독립군 약 80명은 다른 부대의 철수를 알지 못하고 패주하는 도중의 적군 기관총 소대와 정면으로 부딪혀 격전을 벌이게 되었다. 그리하여 신민단 병사들은 적의 기관총 사격을 받아 많은 피해를 냈고 일본군도 거의 궤멸되고 말았다."

장세윤은 전투 개시 후 오래지 않아 이탈한 홍범도가 3시간 이상 전투를 한 후 퇴각한 것으로 왜곡했다. 전투가 개시된 지 몇 시간 후에 큰비가 내리기 시작했다. 대한북로독군부 독립군은 비 때문에 철수한 것이 아니라, 폭우를 이용해서 일본군을 격파했다. 또한 전투 중 퇴각한 부대는 홍범도 부대뿐인데, 다른 독립군들이 모두 철수했다고 표현했다. 일본군은 폭우와 함께 쏟아지는 총알 세례를 피하지 못했고 결국 후퇴를 결정했다.

그리고 장세윤이 말하는 "홍범도는 신호용 나팔을 불어 독립군의 철수를 명했다"라는 문장도 군무부 발표 원문에는 없다. 반면에, 일제의 「봉오동 전투상보」에는 일본군이 오후 4시 20분경, 갑작스러운 기상변화로 피아를 식별하기 어려워져서 나팔을 불어서 구분했다는 기록이 있다. 봉오동전투에서 아군이 나팔을 사용했다는 기록은 없다. '일본군 나팔'이 '홍범도 나팔'로 바뀐 것 같다.

홍범도는 기상이 급작스럽게 바뀌기 전, 그 격전의 시간에 이미 매복 지점에서 이탈했다는 기록도 있다. 이와 관련된 기록이 다음 절의 내용이다.

6. 이종학·김재규의 회상기

"나는 홍범도 독립군에 종사하던 빨치산 이종학이다. 일본 군대는 일시에 자우 방면에서 침입하여 망대를 향하고 돌입(突入)하여 우리 망대(望臺) 있는 데다가 사격을 시작하였다. 우리도 마주 사격을 시작하였다. 잠시 후에 홍범도 대장은 '사격을 그치고 북쪽을 향하여 차츰 높은 봉으로 오르라'는 명령을 전하였다.

그러나 봉오골 어구에서 좌우산 첫 봉에 있던 신민단

군인 8명은 그냥 그 자리 나무뿌리가 빠진 웅덩이에 자리 잡고 엎드려서 사격을 계속했는데, 그들의 총은 러시아식이어서 총소리가 유표(有表, 뚜렷하게 드러남)하였다. 총소리인지 기관총 소리인지 우레와 벽력소리인지 분간도 할 수 없었다. 몇 시간 후에 우박이 그치니 겨우 정신을 차려서 분간하게 되었다. 봉오골 사거름 왼쪽 어구에 수백 명 사무라이 놈들 시체가 썩어가고 있었다. 홍범도 장군은 자기 부하 40~50명을 데리고 천보산 노트거우를 향하여 행진하고, 독군부에는 최진동과 허영장만이 남아 있었다.”

이종학은 전투 개시 후 그리 오래지 않아 홍범도의 이탈 명령이 하달되었고, 퇴각 후 몇 시간 뒤에 격전이 마무리되었다고 증언하고 있다. 여기서 ‘독군부’는 대한북로독군부를 말한다. 이종학은 봉오동전투가 통합부대인 대한북로독군부가 치른 전투라는 것을 정확하게 알고 있었다는 뜻이다. 전투를 책임진 총사령관 최진동은 마지막까지 남아 있었다. 허영장의 ‘영장’은 그의 이름이 아니라,

의군부 전위대장 직함이었는데, 이름처럼 불렸다. 본명은 허근(1864~1926)이었다.

봉오동전투에 참전했던 또다른 독립군 김재규(의군부 소속)도 이종학의 증언과 비슷한 내용을 기록으로 남겨 놓았다.

"첫 산봉우리를 놔두고 좀 높은 봉으로 오르라는 명령이 홍범도 장군으로부터 전달되었다. 우리는 모두 첫 봉우리에서 다음 봉우리로, 또 그다음 봉우리로 옮겼다. 첫 봉에 신민단 군인 8명(13명이라는 기록도 있음)이 우묵이 패인 곳에 들어앉아 매복하고 있었다. 그들은 모두 러시아제 장총과 폭탄으로 무장하고 있었다. '웃봉으로 올라오라'는 군령을 접하고도 '우리는 다른 데서 온 군인들이니 당신네 명령에 복종하지 않는다'고 그냥 나무뿌리 우묵한 곳에 은신하고 있었다. 이윽고 신민단 군인들 있는 곳에서 일본 총소리가 요란하게 들렸다. 우리는 침묵을 지켰다. 제일봉에서는 극렬한 전투가 벌어졌다. 수많은 전쟁품(전리품)을 얻고 신민단 군인 죽은 시체를 봉오동 승지짝 첫 봉우리, 그들이 싸우던 곳에 장례를 지내주었다.”

앞의 두 인용문은 봉오동전투에 관한 자료로서 특이하다.

이종학이 지난 1958년『러시아와 중국에서 진행되던 조선민족해방운동』이라는 자신의 독립운동 회상기를 남겼는데, 그 일부다. 정신 나간 사람이 아니라면, 또는 지난날의 대장에게 악감정을 지닌 부하로 사는 사람이 아니라면, 없는 말을 만들어서 이러한 기록을 남겨 놓을 이유는 없다. 어느 부대 소속인지와 관계없이, 인생을 통틀어 중요하고 특별하고 잊을 수 없는 기억을 기록하는 것은 우리 모두의 특징이다. 더더구나, 생사의 기록에서 고민했던 기억을 회상하는 것 아닌가.

김재규는 길림 연길에서 다량의 무기를 보유하고 거래하는 무기상이었다. 그렇게 부유한 사람도 언제 죽을지 모르는 독립운동에 헌신한 것이다. 가슴이 뭉클해진다.

그는 이 글을 읽는 후대에게 참 특별한 인물로 기억될 것 같다. 그는 돈보다 나라 구하는 일이 더 다급한 일이고 목숨을 잃어도 좋다고 생각한 사람이었다.

두 독립군의 증언으로 확인할 수 있는 것은, 홍범도가 적어도 봉오동전투를 지휘한 총사령관은 아니었다는 점이다. 그리고 전투가 시작된 지 얼마 지나지 않아서 자신의 부대원들을 데리고 격전의 현장을 이탈했다는 기록에 대해서, "유격전만 해왔던 홍 장군의 전술이었다"라고 말하는 사람들도 있다. 누가 지어낸 말이 아니라면, 그 역시 상식적이지 않다. 격전의 시간이 아니었다면, 이해할 수 있는 말이지만….

이종학의 증언에 의하면, 홍범도가 자신의 대원들을 데리고 이탈하면서 이렇게 말한 것으로 전해진다. "우리는 파르티잔이오. 우리는 죽지 말고 독립해야 하오." 홍범도가 죽음을 두려워할 사람이 아니니, 격전의 현장을 피해서라도 끝까지 살아남아서 홍범도 부대가 자력으로 독립을 이루겠다는 의지의 표현이라고 이해된다. 일본군 기밀문서에도 이와 연관된 사실이 기록으로 남아 있다.

7. 일본 기밀문서, "홍범도, 급속 퇴각"

"제2연대장 홍범도(제1연대장 홍범도, 제2연대장 김좌진, 이라는 자료도 있음)는 우리 군대(일본군)의 봉오동 추격 후, 최명록(최진동)과 의견 충돌이 있었다. 최명록은 홍범도가 응전하지 않고 급속퇴각한 것이 독립군의 사기를 좌절시킨 주된 원인이라고 해서 통렬하게 홍범도를 벌하였으나, 홍범도는 표면상으로는 항의하지 않고 부하 군인 100명(40~50명이라는 자료도 있음) 안쪽의 대원들을 인솔해서 각 지방에 시위운동을 나가서 좌절된 독립군의 사기를 회복하겠다고 했고, 최명록은 이를 허락하였다." 1920년 8월 28일 機密 제222호.

신민단 요원들은 서북 산간을 담당했던 홍범도 부대가 빠져나가면서 발생한 공백을 통과하여 공격하던 일본군이 마구 퍼부은 총질에 몰살당했다는 것이 정설이다. 그래서 최진동이 홍범도를 징벌하려고 했다.

8. 홍범도는 봉오동에 언제 들어왔나?

이 질문은 봉오동전투의 서술에서 매우 중요한 사항이다. 지금까지 세상이 알고 있는 '홍범도=봉오동' 등식이 틀림없는 역사적 사실이라면, 홍범도는 그 역사적인 날(1920년 6월 7일)을 기준으로, 늦어도 6개월 전에는 봉오동에 들어와서 생활하며 지냈어야 한다. 주변의 지형지물은 물론 봉오동 사람들, 그리고 최운산家에 드나드는 10개의 단체와 그 소속 독립군들과 친숙해지는 충분한 시간이 필요했다. 이것이 합리적인 생각이다. 우리 민족의 특성인 인지상정의 요건이다. 그가 연해주에서 만주로 이동한 것은 1919년 연말쯤이거나 1920년 1월로 추정되며, 봉오동에 들어온 시점은 1920년 5월 19일 이후, 23일에서 5월 25일 사이라는 게 정설이다. 5월 28일이라는 주장도 있다.

홍범도가 봉오동에 들어온 시점과 관련하여 신뢰도가 가장 높은 사료는『중국 조선족 사료전집』(연변인민출판사, 2015)에 실려 있는 '한당 수령 최희(崔喜, 최진동의 다른 이름)의 반일 동향과 관련하여 올린 연변도윤 공서 공문'에 명확하게 나와 있다. 대략, 전투가 벌어진 날(6월 7일)을 기준으로 2주 전이었다는 기록이다.

실제로 1920년 6월 20일, 연길 도윤이 각 현의 지사들을 소집하여 조선의 항일 무장단체들에 대한 단속 문제를 논의했다는 기록이 있다. 연변의 공무원은 정확한 취재와 보고를 위하여 봉오동을 방문해서 여러 사람을 인터뷰했다. 자국 영토 안에서 벌어진 큰 전투 이후, 어느 쪽에도 치우치지 않고 객관적으로 작성한 공식 문서에 홍범도가 봉오동에 들어온 시점을 기록해 놓은 것은 특별하고 이례적이다. "홍범도가 이끄는 대한독립군이 동만주 왕청현 봉오동에 들어온 시점은 1920년 5월 중순경으로, 이는 봉오동전투(6월 7일) 약 2~3주 전이다." 이보다 더 정확한 기록을 보지 못했다. 최진동 사령관에 대한 보고서에 참고 사항으로 기록된 홍범도 관련 정보다.

9. '봉오동=홍범도' 등식은 이제 수정되어야 한다.

봉오동전투를 승리로 이끌었던 통합군단 대한북로독군부의 총사령관은 최진동이었고, 참모장은 최운산이었다. 홍범도가 제1연대장, 김좌진이 제2연대장이었다. 8에서 언급한 것처럼, 홍범도가 봉오동에 들어온 시점과 전투 배치에서 그가 맡은 단위(연대) 등을 고려할 때, 위에서 인용한 연구자들의 주장(임정 군무부 발표 원문의 서술 변화)들은 받아들이기 어렵다. 봉오동전투에서 홍범도가 차지할 수 있는 '승리의 지분'은 과연 얼마나 될까? 나는 크지 않다고 생각한다. 최대로 쳐 준다면 1/4이다.

봉오동전투와 관련된 연구논문과 각종 아티클의 필자들은 이렇게 텍스트 원본을 변질시키고 훼손했다. 역사 왜곡이다. 그 결과, 우리 국민 대다수는 봉오동전투 얘기가 나오면 자연스럽게 홍범도를 떠올린다. 그것이 오늘의 현실이다. 이상의 증언과 기록만으로도 봉오동전투의 역사는 수정되어야 마땅하다. 일제의 기밀문서에 남아 있는 기록도 표현은 다르지만 뜻은 같지 않은가.

10. "홍범도가 살아온다면…"

당시 일제는 홍범도를 암살 또는 생포하려고 많은 현상금(당시 5,000원, 금값 변동 및 물가상승률을 반영하면 현재 가치로 6억 원이 넘음)을 걸었다. 만주에서 암약하던 다수의 밀정과 자객들은 팔자를 고칠 수 있는 큰돈이었다. 악당들은 혈안이 되어 있었다. 그는 모두가 다 아는 것처럼, 머슴 출신의 포수로 의병 활동을 시작하여 100전 100승을 거둔 영웅이었다.

북한의 역사학계는 홍범도를 독립운동사 최고의 인물로 꼽았다. 무산자라는 계급적 배경, 평양 출신이라는 점, 항일 의병투쟁의 빛나는 성과, 소련에 남아서 공산주의

자로 활동한 경력 등으로 김일성의 항일운동 영웅 스토리를 강화하는 재료로써 매우 유익했기 때문이다. 이는 역설적으로 남한 정부가 홍범도를 긴 세월 동안 꺼리고 제대로 다루지 않았던 이유다.

홍범도의 공산당 가입 및 활동에 관해서는 말이 많다. 가입한 것(1927년, 57세)은 맞지만, 볼셰비키로서 활동하지는 않았다는 것이 일반적인 견해다. 일찍이 처자식이 모두 일본군에게 죽임을 당하고, 부하들도 거의 다 잃었던 그는 이 시기에 연해주에서 집단농장을 운영하며 독립군 잔여 인원들의 생계를 책임져야 했다. 소련 당국으로부터 토지와 농기구, 황무지 불하 등 생계에 필요한 지원을 받으려면 반드시 공산당에 입당해야 했다.

나는 이렇게 생각한다.
'만일 홍범도가 살아온다면, 남쪽의 일부 사학자들이 쓴 봉오동전투의 전공(戰功)에 관한 기록에 대해서 고마워하지도, 흐뭇해하지도 않을 것이다. 몹시 불편해하며 화

를 낼 것 같다.'

봉오동전투의 전적, 그 다양한 숫자

상해 임시정부 군무부(오늘날의 국방부)는 봉오동전투가 끝나고 나서 6개월 뒤, 12월 25일 자 독립신문에 봉오동의 전적(戰績)을 발표했다. "일본군 전사자는 120여 명, 독립군 측 사망자는 1명, 부상은 2명이었다."라고 승전보를 전했다. 일본군은 "아군의 전사자는 1명, 부상은 12명"이라고 상부에 보고했다.

김성녀 여사의 증언은 전혀 다르다. "일본군 사망자는 500명이 넘었고, 중상자들도 수백에 이르렀다. 아군의 사상자도 수십 명에 달했다"라는 것이다. 6월 8일(전쟁이 끝난 다음 날) 이후, 그간 김성녀 여사와 매일 얼굴 마주치며 가족처럼 지내던 젊은 독립군들이 보이지 않으면, 그들은 당연히 전사했거나, 중상을 입고 어느 계곡에서 죽어가고 있었거나, 적에게 체포되어 포로로 끌려간 것으로 판단하는 것이 합리적이었다. 오직 그녀만이 전투가 끝난 후, 식수 인원(식사하는 인원)이 몇 명이 줄어들었는지를 알 수 있었기 때문이다.

봉오동전투의 전과에 대해서, 여러 매체와 기관이 각각 보도하고 발표한 숫자들을 보면 독립군이든 일본군이든 보도나 보고를 할 때마다 과장과 축소를 한 것이 틀림없다. 조선총독부 기관지인 『매일신보』6월 10일 자는 "일본군 사상자 12명, 독립군 피해는 정확하게 알 수 없으나, 버리고 간 유기사체(遺棄死體)가 12구"라고 보도했다. 6월 20일 자『조선일보』와『동아일보』도『매일신보』와 비슷한 숫자들로 보도했다. 6월 23일 자『상해시보』는 독립군의 전과를 보도하면서 일본군 사상자가 120명이라고 발표했다.

1920년 6월 20일 자『독립신문』호외판은 "적군의 사상자(死傷者)가 120명"이라고 보도했다가, 나흘 뒤 6월 24일 자에서는 "사자(死者)가 120명"이라고 정정보도했다. '홍범도 일지'는 "적군 350여 명 사망, 부상 100여 명"이었다는 기록하고 있다. 공식기록에 비하여 훨씬 더 많다고 기록한 자료도 있다. 공식 기록은 사살 157명, 중경상 합하여 300여 명이다.

피아(彼我) 양측은 다른 지역에서 벌어지고 있는 크고 작은 전투에 참전하고 있는 자국 병력과 국내에서 고생하는 자국민들을 염두에 두고 기사를 썼다. 그래서 승리는 과장하고 패배는 축소하는 것은 중요한 전략이었다. 그렇게 작성된 기사내용들이 역사적 사실(史實)이 되고 그것이 굳어져 오늘에 이르고 있는 것이 현실이다. 전쟁 보도와 전쟁사(戰爭史)는 앞으로도 이와 같은 특징에서 벗어날 수 없을 것이다.

봉오동의 무기와 전투력

독립군들에게는 민족해방군으로서의 뜨거운 우국충정 의지와 성능 좋은 무기, 그리고 수준 높은 군사 훈련이 필승의 전제 조건이었다. 무기와 군사 훈련은 비용의 문제였다. 중국령(특히 북간도 지역)에서의 항일 무장투쟁 독립운동사에서 이 소요 자금은 만주와 연해주, 그리고 국내 거주 중인 동포들의 헌금으로 충당된 것으로 기록되어 있다. '구국헌금'이자 '민족해방기금'이었다. 북간도 지역에서는 봉오동 신한촌의 주인이었던 최운산의 기여를 강조하지 않을 수 없다.

최운산은 러시아에 무역하러 출장을 다니면서 알게 된 인맥들의 도움으로 수시로 무기를 사들였으며, 제1차 세계대전 때 블라디보스톡에 주둔했던 체코군이 종전 후 귀국하기 직전에 그들이 사용하던 무기를 대량으로 구매했다. 이를 수송하는 데 투입된 병력만 500명이 넘었다.

아래는 정탐병들의 보고 내용이다. 총포 화약 등 무기와 기타 군수물품 일체를 봉오동 최운산의 자본력과 인맥으로 확보했음을 일본군의 자료가 입증하고 있다.

1. 대한북로독군부의 무장과 무기들

"군복 제조: 봉오동 불령선인은 미싱 8대를 매입하여 피복을 만드는 중이다."

이 미싱은 최운산이 러시아에서 구입했다.

"군기(軍器, 무기) 수송: 왕청현 봉오동에서 노령(露領)에 병기 수송을 위하여 향한 자는 약 500명으로, 그중 120명은 5월 3일 각자 총기와 탄약(1총 100탄)을 휴대하고 귀래하였다."

소총 500정, 탄환 5만 발, 권총 430정, 기관총 2문(3월 19일 보고서)을 구매하고, 소총 700정이 봉오동에 도착했다는 4월 5일 자 보고서가 있다.

"봉오동에서 포제선(布製船) 제조: 왕청현 봉오동 불령선인들은 록목(鹿木)으로 도선을 제조해서 이것에 기름을 칠하고, 내부에 판을 감(籤) 대어서 2~3인이 승선할 수 있도록 제조함."

"왕청현 봉오동과 부락 부근에는 불령선인 1,000여 명이 산숙(散宿)하고 있으며, 연병장 2개소를 설치해서 매일 교련을 실시하고, 부근 부락을 배회하며 시위운동한다." 김성녀 여사의 증언에 의하면, 같은 크기의 연병장이 3곳이었다고 한다.

2. 개인화기 모신-나강(Mosin-Nagant)

그때 긴급하게 집행한 무기 구입 비용은 5만 원으로, 봉오동 석현의 땅을 매각하여 마련하였다. 현재 가치로 환산하면, 대략 최소로 잡아도 50억 원(환산 기준에 따라서 최대 150억 원) 정도다. 모든 비용은 최운산이 사비로 지급하였다. 이는 급격히 늘어난 독립군에게 보급하려고 단발성으로 특별구매한 것이었다.

1920년대의 1만 원은 가장 보수적으로 계산했을 때, 대략 10억 원을 넘었다. 30억 원으로 계산하는 통계 자료도 있다. 당시는 전시였기 때문에 화폐가치가 짧은 주기로 등락했고, 무기든 생필품이든 수요·공급을 예측할 수 없는 상황이었다.

봉오동 대한북로독군부의 독립군들이 사용한 무기의 종류는 다양하였다. 개인화기는 주로 모신-나강을 썼다. 러시아제 5연발 총과 단발총, 미국제와 독일제를 사용하기도 하고, 일본제 30식, 또는 38식 소총도 썼다. 권총류는 루거식(Luger式)을 비롯하여 7연발식 등을 사용했다. 중무기로는 최신식 맥심기관총과 속사포를 보유하고 있었다. 수류탄도 주로 쓰는 무기였다.

모신-나강은 러시아 육군 대위 이바노비치 모신이 총을 설계하고, 벨기에의 에밀 나강과 레옹 나강 형제가 탄창을 설계하였기 때문에 개발자들의 이름들인 Mosin과 Nagant을 합성하여 총의 이름을 지었다. 이 총은 1891년에 처음 선을 보여 1차 세계대전 때의 러시아군, 우리 독립군들의 주력 개인화기로 쓰였는데, 새로운 소총을 개발하는 프로젝트에 실패하는 바람에, 제2차 세계대전 때도 쓰였다. 6·25전쟁 때 북한군도 모신-나강을 썼다고 한다. 베트남전에서 월맹군의 개인화기도 바로 모신-나강이었다. 양국이 모두 러시아의 지원으로 전쟁을 치렀기 때문이다. Mosin은 훗날 러시아 조병창(造兵廠, 무기 제조 공장)의 책임자가 되었다.

모신-나강은 50년이 훌쩍 넘는 기간에 쓰였다. 물론 세월이 흐르면서 제품을 조금씩 수정·보완하여 사용하였기 때문에 성능은 크게 발전하였다. 계룡대에 가면 독립군들이 쓰던 개인화기로 진열되어 있다. 무기 전문가들도 제1차 대전 때 쓰인 개인화기로는 최고라고 평가한다. 유효사거리는 700미터였다. 500미터가 최대 사거리였던 일제 아리사카의 성능을 압도했다.

1920년 8월경 일제의 정보문서에는 한 독립군 부대가 장총 3,300정, 탄약 19만 5,000발, 권총 730정, 수류탄 1,550개, 기관총 9정 등의 화력을 보유하고 있었다는 기록이 있다. 이는 모두 당대 최신형으로 성능도 당연히 최

고였다. 최운산은 러시아에서 폭탄 제조 전문가를 초빙
했다. 다른 무기는 이미 도독부 간부들 가운데 숙련된 교
관이 여럿이었다.

상기한 일제의 문서 1은 일제가 봉오동을 예의 주시 정
탐하며, 파괴계획을 수립하고 있었다는 증거로써 중요한
자료들이다. 봉오동은 북간도의 여러 거점 가운데 하나
가 아니라, 북간도의 총사령부였다.

'봉오동 사령부'의 실체

1. 봉오동 최운산家에 관한 증언들

일본군 정탐 자료와 밀정들의 보고 자료, 『동아일보』 등
당시 신문 기사들, 그리고 독립군들의 회상기 등은 봉오
동 최씨 일가가 소유하고 있던 가옥의 규모와 형태에 대
하여 같은 자료를 그대로 받아 적은 것처럼 동일한 내용
으로 서술하고 있다.

일제는 3·1독립만세운동 이후 북간도 봉오동이 항일 무장투쟁 독립운동의 중심으로 성장하고 있는 것을 예의 주시하면서 대책을 강구하고 있었다. 봉오동을 격파하는 것이 조선의 급소를 찌르는 것이었다. 일본군의 자료에도 "봉오동은 거대한 성채(城砦)"라고 서술되어 있다. 임시정부의 관계자도 일본군의 자료에 있는 내용과 같은 말을 했다. "성문을 닫으면, 아무도 들어갈 수도 없고, 나갈 수도 없었다."

1920년 초부터 봉오동은 이전과 분위기가 달랐다. 4월이 지나고 5월이 되면서 전운이 감돌기 시작했다. 그 무렵 연월일이 찍힌 통행증은 최진동의 이름으로 발행되었다. 밀정들이나, 방화 등 특수 임무를 수행하는 적병들의 접근을 차단해야만 했기 때문이다. 그래서 암호를 똑바로 대지 못하면, 현장에서 바로 사살하였다. 최운산은 이 특별한 사저를 민족해방운동의 총사령부로 내놓은 것이다.

이 무렵, 임시정부 초대 국무총리 이동휘는 1920년 1월, 무장 독립전쟁을 임정의 시책으로 정했다. 다름 아니라, 주전론(主戰論)의 현장이 바로 북간도였다. 봉오동을 총사령부로 하여 전쟁을 준비하는 무장투쟁 독립군단은 임시정부의 존재와 상관없이 이미 자체적으로 뛰어난 전투력을 갖춘 민족해방군이었다.

그 결전일인 1920년 6월 7일 일본군의 「봉오동 전투상보」의 한 대목이다. "오전 8시 30분, 각대는 소명(김命, 명을 받음) 후 고지선에 도달, 적정을 정찰하였는데, 사람의 그림자도 발견할 수 없었고, 다른 선인부락(鮮人部落, 동포들이 사는 마을)에 비해 신축 가옥들이 많고 질서정연하였으며, 수령 최명록의 가옥으로 보이는 집은 주위에 토벽을 쌓아 엄연하고 城과 같았다."

같은 날 『동아일보』의 봉오동전투 보도 내용은 다음과 같다.

"이 부락은 반분 이상이나 새로 세운 가옥들이고, 그 정제된 형편은 도저히 다른 부락들이 미치지 못할 점이 많다. 특히 최명록의 주택은 자못 웅대하기 이를 데 없고, 주위에 담을 높이 쌓았더라.”

전투가 끝나고 2주 후, 총독부 기관지『매일신문』의 6월 21일 자 보도 기사다.

“안천(安川) 소좌의 부대가 점점 전진하여 오전 10시에, 배일단(排日團, 독립운동 단체)의 근거지 초모정자의 동편 산간에서 새로 시설한 봉오동에 달하였으나, 독립군들은 보지 못하고 그 부락은 과반수는 새로 신축한 가옥으로 되어 있는데, 그 정비된 것은 도저히 다른 촌락에 비할 수 없고, 더욱이 수령되는 최명록의 주택 같은 것은 굉장하며, 주위에 담을 둘러쌓았더라.”

봉오동전투에 참전했던 독립군 이종학의 회상기에서도 봉오동의 진면목을 확인할 수 있는 대목이 들어 있다. “(前略)…. 총 군인 수는 2,000여 명에 달했다. 취떡을 먹고 조(粟)가 자주 나던 때이다. 우리 군대는 봉우골 산을 가운데 두고 자우골 안에 거주하는 조선 농촌에 동쪽이나 서쪽 산 앞은 전부 우리 차지였다. 일제는 이곳을 독립군의 본거지로 보고 기어이 격파하려고 사력을 다하여 대들었다." 이 인용문은 독립운동사 편찬위원회의 『독립운동사 제5권』에 나온다.

2. 일본군의 봉오동전투 관련 보고서들

일제의 '봉오동 전투상보'는 두 가지를 입증하는 문서로서 가치가 크다. 첫째, 적정탐지병(敵情探知兵)이나 밀정들의 보고 자료로서, 봉오동의 지형에 관하여 정확한 문서라는 점이다. 둘째, 일제는 봉오동을 독립군들의 핵심 근거지라고 확신하고 있었다는 점이다.

적은 마침내 봉오동을 파괴하기로 결정하고, 나름대로 철저하게 준비해서 나흘(6월 4일~6월 7일) 동안 공격을 감행한 것이다. 아군은 그 전에 3개월 동안 벌인 수십 차례의 국내 진공 작전을 수행했다. 그 과정에서 이미 유인

작전과 매복 전술을 구상해 놓은 상태였다. 그 덕분에 실전에서 완승을 거둔 것이다.

아래의 인용문은 봉오동전투에서 참패한 일본군의 보고서(1920년 6월 15일 자. 현대사 자료 27, 608쪽)의 일부다.

"불령단(독립군)은 이 전투에서 아군(일본군)을 격퇴한 것처럼 고취하고 있다. 또한 이를 '독립전쟁의 제1회전'이라 칭하며 금후 계속될 전투에 대비해서 식량의 준비, 간호대의 조직, 병원(兵員)의 모집 등에 더욱 힘쓰고 있다. 봉오동 방면에는 다수의 불령단이 집합하고 있는 모양이다. 또한 이를 기회로 하여 각 단체 간의 결속을 굳게 하고 있다. 금회의 추격은 도리어 악결과(惡結果)를 잉태한 것이라고 관찰된다."
  -〈월강추격대에 항전한 불령선인의 과대보도 및 그 대책에 관한 건(越江追擊隊에 抗戰한 不逞鮮人의 誇大報道 및 그 對策에 關한 件)〉

일본군은 이 같은 기록을 통하여 그들의 월강 공격이 오히려 '악결과'(좋지 않은 결과)를 불러왔다고 실토함으로써 패배를 시인했다.

3. 거인의 헌신(獻身)

헌신!

'몸(목숨)을 바친다'는 말을 깊이 생각해보자!

공사판에서 땀 뻘뻘 흘리며 일하는 것을 누가 헌신이라고 하겠는가. 제자들 열심히 가르치는 교사의 일상 역시 헌신은 아니다. 그 역시 처자식을 먹여 살리는 노동이다. 성직자들도 그 범주에 들어간다. 헌신은 자신의 생명과 재산 일체를 특별한 목적사업에 갈아 넣는 초인적인 인물에게나 붙일 수 있는 헌사다.

전쟁에서 현대식 무기와 고도의 전술·전략에 의한 훈련, 그리고 섭생과 보급 등 전투에 필요한 것들의 일체는 양질의 주둔 환경과 함께 두 번째 조건이다. 이는 대부분 돈으로 해결할 수 있는 것들이다. 그래서 부강한 나라가 전쟁을 주도한다면 결과는 불 보듯 뻔한 것이다. 당시 세계 최고의 군사력을 과시하던 일본군에는 봉오동의 최운산 같은 헌신적인 장군이 없었다.

자신의 전 재산을 쏟아부어 북간도 무장투쟁 부대들을 통합한 뒤, 젊은 독립군들의 늙으신 부모들을 챙기고, 전사자와 참사 유족들을 살피며, 부상병들을 가족처럼 돌보는 의무 부대를 소중하게 여기는 지휘관이 일본군에는 없었다. 그 차이가 결정적이었다. 이것이 바로 아군의 승인이었고 적군의 패인이었다.

3부

제13장 봉오동에서 연해주로

　아래의 인용문은 당시의 일제 문서(밀정보고서)들 가운데 일부다.

　"6월 중순 노령에서 서상렬 군사 100명 인솔, 군정서에 합류. 동도군정서, 동도독군부 행정군무 설치. 병력 3,000명. 독립군 위력 강세. 지나(支那, China)의 군경이 도저히 통제할 수 없음." (고경31186)

　"독립군 3,000명, 위력 강세, 알아하(嘎鴉河) 불령단(不逞團) 무산간도로 이동 중 삼도구 집합. 무산 침입 기도. 침습과 퇴각에 유리한 안도현 산림지대 퇴각로, 홍범도 의란구 운계동에 숙영, 최진동 배하1대는 의란구, 석인구,

허근 1대는 왕청 소백초구, 불령단 간부는 항시 거처 변경 호위대와 정찰대 전시와 같은 분위기. 간도불령단은 거의 통일되어서 동도군정서 400명, 동도독군부 1,600명."

일제는 봉오동전투를 통하여 비로소 북간도 우리 독립군의 전투력을 구체적으로 알게 되었다. 따라서 독립군을 상대하려면 봉오동전투 때보다 우선 훨씬 더 많은 병력을 출병시켜야 한다고 판단했다.

이와 동시에, 최운산 장군도 다양한 채널을 통하여 정보를 수집함으로써 봉오동에서 대패한 일본군의 설욕전에 대비하였다. 복수를 위하여 대규모의 병력을 준비하고 있다는 동향이 탐지되었다. 이에 지휘부는 일제의 공격에 대비하여 연석회의를 열고, 봉오동이 이미 적에게 노출되었으니 봉오동에서 재격돌을 피하여 일제의 영향이 덜 미치는 연해주로 독립군의 근거지를 옮기는 것으로 결정했다. 아군은 당시 봉오동전투의 완승으로 자신감이 넘쳐 있었다.

　그러나 독립은 단 몇 차례의 전투로 이뤄지지 않는다는 것을 알았기에, 우리의 전투력을 전략적으로 가장 지혜롭게 써서 가장 크게 물리칠 수 있는 때와 장소를 찾아가야 했다. 더 많은 독립군을 양성하는 것도 큰 과제였는데, 그 목표를 위해서도 불가피하게 정든 봉오동을 떠나야만 했다.

　이 무렵, 최운산 장군과 지휘부는 국제관계를 예의 주시하며, 소련과 일본 간의 전쟁 또는 중국과 일본과의 전쟁이 일어나면, 소련 또는 중국과 연합하여 일본을 공격하는 구상을 하고 있었다. 북간도를 떠나서 연해주의 독립군들과 합세하기 위하여 선택한 곳이 자유시(Svobodny)다.

　그런데 봉오동을 떠나기로 한 결정이 쉬운 일은 아니었다. 1908년부터 1920년까지 10년 넘는 긴 세월 동안, 최씨 일가가 고향의 일가친척과 동포들을 불러들여 가족처럼 함께 황무지를 개간하여 이룩한 생활 터전 아닌가. 난공불락의 군사기지, 북만주 항일 무장투쟁 민족해방운동의 총사령부로 만들어 민족의 제단에 바쳤던 봉오동을 떠나는 이유를 모르는 사람은 없었다.

동포들은 그래도 목놓아 울면서 가로막았다. 그 형제자매 같은 동지들을 뿌리치고 매정하게 떠나는 일은 쉽지 않은 법이다. 최진동이 혈서로 민족해방군의 운명을 고백하고, 굳은 의지를 공표했다. 그리고 정든 동포들과 이별을 고했다. 그날 봉오동은 눈물바다였다.

"혈서동맹성고문(血書同盟誠告文)

彼蒼者天이여! 四海를 光聰하시고 我二千五百萬 民衆을 極救하오며, 光復大業을 速成키 하옵기를 血노써 告하옵나이다."

"천지만물의 창조주 하늘이시여! 우리 이천오백만 민중을 긍휼히 여기시고, 대한민국 광복을 하루빨리 이루어주시기를 청하옵니다.

大韓民國 二年 九月 九日 亥亥 於 鳳梧洞"

북로독군부는 이 혈서에 민족의 간절한 염원을 담은 기도와 어느 상황에서도 결코 꺾이지 않겠다는 의지, 그리고 궁극적인 꿈, 조국 광복의 목표를 가슴에 품고 봉오동을 떠나 연해주로 향했다. 총병력은 4천여 명이었다. 그 대오는 적에게 노출되기 쉬웠으며, 이동 중에 산에서 숙영을 하거나, 지나는 길에 동포들의 도움을 받아야 할 일이 수시로 발생할 수도 있었다.

그래서 최운산과 형제들은 주력 부대 1,000여 명과 봉오동 북쪽으로 행군을 시작하였다. 10월 하순에 라자구(羅子溝)로 나갔다가 11월 초에는 동령현(東寧縣)의 오지 삼차구(三岔口)에서 세력을 키워 놓고 다른 독립군 부대들과 연락하고 있었다. 홍범도 김좌진 등은 봉오동 서쪽의 백두산 방향으로 이동했다. 동포들이 사는 마을을 지나갈 때, 그들은 독립군들을 열렬하게 환영했다. 그리고 봉오동전투의 승리를 함께 기뻐했다. 동포들은 목숨 걸

고 싸워 일제를 물리친 열혈청년들과 독립군 지도자들에
게 고마워하며, 음식을 대접하고 식량을 챙겨 주었다. 뭉
클하고 감동적인 응원이었다.

제14장 청산리대첩

연해주 가는 길, 오리무중의 역정

우리 독립군은 봉오동에서 대승을 거두고 나서, 연해주에서 더 큰 규모의 독립전쟁을 준비하기 위하여 이동을 시작하였다. 1920년 10월이었다. 일본군은 봉오동전투의 패배를 설욕하기 위하여, 함경북도에 주둔하던 제21사단(나남사단)의 1개 연대를 간도로 출병시켰다. 이 부대는 도착하자마자 봉오동과 서대파 방향으로 공세를 시작하였다. 우리 독립군단이 사령부를 떠난 뒤였다.

최운산 장군의 가족과 친지들 가운데 남자들은 모두 독

립군이었다. 봉오동에 남았던 가족들은 이미 모두 피신했다. 집에는 최장군의 연로한 조모 청주 한씨(최우삼의 모친)와 소수의 나이 든 여인들, 몇몇 중국인 가족만 남았다. 독립군을 발견하지 못한 일본군은 봉오동에 불을 질렀다.

'불령단'(대한북로독군부)이 돌아와서 더 강력한 진지로 재건축하고, 더욱더 요새화하여 자신들을 돌이킬 수 없는 나락으로 떨어뜨릴 수 있다는 공포심 때문이었다. 거대하고 공고했던 최씨 집안의 성채요, 민족해방투쟁 총사령부는 전소되었다. 가족들 전원에게는 현상금이 걸렸다. 어른들은 500원, 아이들은 300원으로 거금이었다. 당시 1만 원이 오늘의 10억 원보다 더 큰돈이었을 때다. 그렇다면 1천 원은 요즘 화폐가치로 1억 원이 넘었다. 500원은 그 반절이었으니, 이름 없는 민간인에게 걸린 현상금으로는 거금이었다.

더 큰 싸움을 위하여 멀리 연해주로 걸어가는 젊은 독

립군들에게도, 자식들에게 부담을 주지 않으려고 남았던 노인들에게도 앞날은 오리무중이었다. 우리 인생은 곰곰이 생각해 보면, 예외 없이 짙은 안개가 낀 강둑을 걸어가는 시간이다. 100년 전 가난하고 불안하며 위태롭던 시절, 봉오동 신한촌 공동체에는 저 큰돈(현상금)에 현혹되어 배은망덕의 패륜을 저지른 사람이 없었다. 슬프고 아름답다. 모두가 모두에게 다정했던 봉오동 신한촌! 그 공동체의 품격에 경의를 표한다. 최운산과 그 형제들이 봉오동 신한촌 사람들과 나눈 이별의식 또한 깊이 생각하면, 봉오동전투의 주인공이 누구인가를 판단하는 명백한 증거라고 할 수 있다.

청산리전투

한편, 서대파에서 출발하여 독립군이 미처 다 빠져나가기 전에, 일본군이 근접해 오고 있는 것을 감지했다. 전면전을 피할 수 없었다. 뒤에서 추격하는 일본군의 움직임과 방향을 확인하고 나서 산 중턱에 몸을 숨기고 전투를 시작했다. 출발할 때 이미 세 그룹으로 나뉘어 진군하던 우리 독립군 부대들이 일본군을 가운데 놓고 앞뒤에서 협공을 퍼부었다.

전투 상황은 영락없이 봉오동전투에서 3면 요지에 매복했던 아군이 왜적을 유인하여 포위한 뒤, 급작스러운 사격으로 몰살시킨 전술과 같았다. 이 대치국면에서 우리 독립군 부대들은 중소 규모 단위로 나뉘어서 1주일 내내 크고 작은 전투를 벌였다. 청산리(靑山里), 라자구(羅子溝)를 지나던 대한군무도독부를 비롯하여, 북로군정서, 대한독립군, 국민회군, 의군단 등 9~10개 민족해방군 부대들이 엿새 동안 청산리 인근 지역과 라자구 등 9~10곳의 전장에서 매복전과 기습전, 유격전으로 일본군을 압도했다.

최운산 장군은 대한북로독군부를 이끌고 라자구 방향으로 행군하는 중이었다. 연해주를 왕래하면서 무역업을 하던 시절, 마적들에 대응하기 위하여 이 코스에 여러 개의 비밀 장소를 만들어 놓았었다. 그리고 라자구 근처를 통과하면서 앞서간 아군들의 전황을 듣고 그 요처(要處)들을 진지 삼아 교란 작전을 펼쳤다. 일본군을 선제공격한 것이다. 그쪽에 독립군이 있을 것이라고 상상도 하지 못한 일본군들은 우리 독립군들의 돌격으로 치명타를 입었다. 적들은 봉오동에서 라자구까지 눈 감고도 오갈 수 있는 독립군들을 당해낼 수가 없었다.

1920년 10월 21일. 백운평(白雲坪) 전투를 시작으로, 완루구(完樓溝), 천수평(泉水坪), 어랑촌(漁郎村) 맹개골(孟家溝), 만기구(萬騎溝), 천보산(天寶山), 고동하(古洞河) 전투 등 6일 동안 치른 대중소 항일 무장투쟁을 다 합쳐서 '청산리전투'라고 한다. 모두 완승이었다. 역사에 '봉오동전투'에 이어 '청산리대첩'으로 기록된 또 하나의 쾌거는, '청산리'라는 한 마을에서 벌어진 한 판 승부가 아니었다. 청산리전투는 봉오동전투의 연장전이었다.

당연히, 양 대첩(兩大捷)은 3·1독립선언과 만세운동에서 보여준 자주적 의지와 역량을 그대로 이어받아 펼친 민족해방 독립전쟁의 정점이었다. 중국 작가 장완린(張萬林)은 "청일전쟁에서 패배한 중국 사람들은 일본에 대한 저항운동에서 자신감을 상실했다. 청산리전투의 승리는 조선민족의 승리였지만, 우리 중국 사람들의 항일정신을 높여주었다. 일제를 이길 수 없다는 중국인들이 열패감을 떨치고, 이길 수 있다는 생각을 갖도록 바꾸어 놓았다"라고 말했다.

우리 독립군 부대들은 청산리에서 대승을 거두고 통합부대를 구성하기 위하여 흑룡강성 밀산(黑龍江省 密山)으로 이동하였다. 밀산에서 군무도독부를 포함, 북로군정서 등 여러 단체가 연합하여 총군부를 결성하였다. 군무(전투)의 책임자는 사령관 도독부의 최진동이었으며, 조직의 정신적 지도자는 군정서의 서일이었다.

전과

상해 임시정부 군무부는 청산리전투의 전과를 두 번에 걸쳐서 발표했다.

첫 번째는 "일본군 전사자는 연대장 1명, 대대장 1명 등 1,257명이며, 부상자는 장교 이하 200명"이라는 것이었다. 두 번째는 『독립신문』의 다른 기사인데 "아군의 대소 전투를 통하여, 왜군 1,200명을 격살했다"라고 보도되었다. 10여 개 독립운동단체가 3개 연대로 나뉘어 연해주로 향하는 길에서 벌어진 유격전이었다. 박은식 선생은 『한국독립운동지혈사(韓國獨立運動之血史)』에서 일본군 전사자가 2,000명이라고 기록했다.

청산리전투에서 아군은 상대적으로 소수 병력이었지만, 봉오동전투에서 완승한 뒤 사기가 하늘을 찔렀기 때문에 자신감이 넘쳤다. 그리고 주변의 지리에 대한 이해도가 높았다. 아군은 세 갈래로 나뉘어 이동하는 과정에서 그 장점들을 활용하여 기습 작전과 협공을 펼칠 수 있었다. 종합적으로 판단하면, 아무리 숫적으로 열세라 하더라도, 유리한 여건이었다. 일본군은 열 배의 병력으로

돌진했지만, 현지의 지리에 어두웠다. 아군이 압승한 것
은 확실하지만, 전과의 내용은 정확하지 않다.

제15장 훈춘사건, 간도참변, 자유시참변

1920년 10월 2일, 일제는 봉오동전투의 참패를 설욕하기 위하여, 400명 규모의 중국 마적단과 내통한 후 고의로 자국의 관공서를 습격했다. 이 사건으로 일본 영사관 근무자들의 가족 9명이 살해되었다. 마적단은 강도짓이 주업이지만, 이렇게 일제의 용역사업도 했다. 그들은 독립군 지휘관들은 물론, 무명의 독립군들과 우리 동포들도 잔혹하게 살해했다. 일제는 그 대가로 현금을 지급했다.

일제는 그렇게 자국민을 청부살해하고, 적군(독립군)이 저지른 만행이라고 조작한 다음, 이후 우리 동포사회를 '거대하고 잔악한 참변'의 지옥으로 몰아넣는 빌미로 삼고, 그 기획대로 실행했다. 중국 국민당 정부도 일본의 주장을 믿었다. 이를 '훈춘사건'이라고 한다.

이로써, 일제는 1920년 10월부터 1921년 4월까지 6개월 넘게 북간도 전역에서 한인촌 초토화 작전을 펼쳐 무자비한 살육을 저질렀다. 이를 경신참변(간도참변)이라고 한다. 이 기간에, 3만 명 이상의 우리 동포들이 살해되었으며, 요인 150명이 검거되었다. 가옥 3,500채, 학교 60여 개소, 교회 20여 개소, 양곡 6만 석이 소각되었다.

현지에서 사역하던 선교사들이 서방 언론 매체에 제보하여 이 지옥의 참상이 세상에 알려졌다. 이 잔인한 만행은 일제의 광기와 악마성의 대표적 증거였다. 이는 정도의 차이가 있겠지만, 전쟁터에 투입된 '전시인간'(戰時人間)의 보편적 특징이기도 하다. '상대를 죽이지 않으면 내가 죽는', 치명적인 싸움이 공포심을 극대화하고, 과도한 수준으로 이성을 말살하기 때문이다.

"아아! 세계 민족 중에서 나라를 위하여 몸을 바친 자 수없이 많지만, 어찌 우리 겨레처럼 남녀노유(男女老幼)가 참혹하게 도살당한 자 있을 것이오. 역대 전쟁사상에서 군사를 놓아 살육약탈한 자 수없이 많지만, 저 왜적처럼 흉잔포학(凶殘暴虐)한 자는 들은 적이 없다. 백기(白起)가 장평(長平)에서 20만을 묻어 죽이고, 항우가 신안(新安)에서 20만을 죽인 것이 잔인무도의 최고라고 하지만, 그래도 그것은 모두 전투요원들의 짓이었다.

저 왜적이 우리 서·북간도의 양민 동포를 학살한 일 같은 것이야 어찌 역사상에 일찍이 있었던 일이겠는가. 각처 촌락의 인가·교회·학교 및 양곡 수만 석을 모두 불태우고, 남녀노유를 총으로 죽이고 칼로 죽이고, 생매장하고 불에 태우고 결박하여 죽이고, 주먹으로 때려죽이고 발로 차서 죽이고 찢어 죽이고, 생매장하고 불에 태우고 가마에 삶고, 해부하고 코를 꿰고 옆구리를 뚫고 배를 가르고, 머리를 베고 눈을 파내고 가죽을 벗기고, 허리를 베고 사지를 못박고 수족을 잘라서, 인류로서는 차마 볼 수 없는 일을 저들은 오락으로 삼아 하였다."

이 인용문은 임시정부 2대 대통령을 지낸 역사가 백암 박은식 선생이 저술한 『한국독립운동지혈사(韓國獨立運動之血史)』의 제30장 '왜적학살 아양민지대참화'(倭敵虐殺 我良民之大慘禍)의 일부다.

자유시참변

소련은 이 무렵, 만주의 우리 독립군에게 전적으로 지원하겠다고 약속했다. 임시정부도 1920년 7월, 한형권(韓馨權)을 대표로 하여, 소련 정부와 4개 항의 협정을 체결했다.

첫째, 소련이 독립자금을 지원하고, 둘째, 독립군은 공산주의를 수용하며, 셋째, 소련군이 독립군의 훈련 및 무기를 지원하고, 넷째, 소련 영토 안에 머물고 있을 때는 소련군 사령관의 지휘에 따른다는 것이었다.

정부 간에 이 정도의 약조를 맺으면, 믿어야 정상이다. 그래서 독립군 부대 4,000여 명의 병력이 북만주를 떠나서 노령(露嶺, 러시아 영토)으로 건너가 독립운동을 지속하기로 결의하고 자유시(自由市)로 향했다. 레닌의 소련은 독립군에게 필요한 식량과 무기 등을 지원하기로 하고, 아군은 소련과 교전하다가 퇴각하는 일본군을 처리하기로 했다. 이 단순한 내용이 약속의 핵심 사항이었다. 양측의 이해관계가 정확하게 맞아떨어졌다.

그런데 아군에게 누구도 예상치 못한 큰 불행이 닥쳤다. 갑작스럽게 적백내전(赤白內戰)이 종식되었다. 볼셰비키 혁명 세력이 무장봉기로 300년 넘게 지속되었던 구체제인 로마노프 왕조를 붕괴시켰다. 그로 인하여 갓 출범한 혁명정권의 수장 레닌은 강자인 일본과 싸우지 않고, 일본군이 소련에서 안전하게 철수하는 것을 보장하는 비밀조약을 맺은 것이다. 돌변한 3국 관계는 우리 독립군에게 치명적인 피해를 입히는 것으로 끝났다.

소련 정부는 우리 독립군을 무장해제하라는 일본의 요구를 받아들여 관련 조치에 착수했다. 소련은 우리 독립군이 일제와의 협상에 방해 요인이 된다고 판단하였기 때문에, 군사지휘권을 포기하고 소련군에 편입되거나 무기를 버리고 다시 돌아갈 것을 요구했다. 당시 자유시에는 연해주 사회주의 계열의 독립군 단체(이르쿠츠크파와 자유대대)와 만주 지역의 독립군 단체(상해파)가 함께 머물고 있었다. 두 계파는 갈등하다가 충돌하고 말았다. 자유대대 대장 오하묵(1895~?) 등 이르쿠츠크파(연해주파) 통합주의자들이 코민테른의 지원을 받아 이동휘 등의 점진적 통합파(통합 불가파)를 공격한 것이다. 결과적으로 보면, 동족상쟁이었다.

소련군은 독립군에게 무장해제를 시키려고 탱크를 밀고 들어왔다. 아무런 대가를 바라지 않고, 오직 나라를 되찾겠다는 뜨거운 가슴으로 봉오동전투와 청산리전투에서 목숨 걸고 싸워 이긴 열혈 독립군들! 이 구국의 민족해방군이 일본과의 더 큰 전쟁을 준비하기 위하여 춥고 배고픈 몸으로 머나먼 길을 걸어서 약속의 땅 '자유시'에 오자마자 소련군의 탱크에 깔려 바스라졌다.

1921년 6월 28일 자유대대와 러시아 적군(볼셰비키군)이 장갑차 2대와 기관총 30문으로 사할린 의용대를 완전히 포위하고 집중사격을 퍼부었다. 맹폭을 당한 아군은 총에 맞아 고꾸라지거나, 달아나다가 강물에 몸을 던졌다. 『조선민족운동연감』은 사망 272명(익사 31명), 행방불명 250명, 포로 970명 등의 인명 피해를 입었다고 기록하고 있다. 이 사건을 '자유시참변'(Masscre of Svobodny)이라고 한다. 그 지역을 가로지르는 강의 이름이 흑하(黑河)이기에 '흑하참변'이라고도 한다.

소련 측과 약조를 맺을 때, 아군 지도부는 속으로 연해주를 우리의 자치구역으로 삼아야겠다고 생각했다. 지도부는 거기서 해방될 때까지 주둔하며, 간도처럼 사실상의 영토로 삼으려고 했었다. 이에 대해서, 이이화 선생은 『한

국사 이야기』에서 "레닌정권을 민족운동에 이용하려 했던 상해파 이동휘 등은 몰락을 거듭했으며, 20년 동안 빛나는 활동을 했던 홍범도 부대도 뿔뿔이 흩어졌다."라고 아쉬워했다. 역사의 아이러니다.

그 격동의 시간에 최운산 장군은 연해주 인맥 등 아령(亞領, 러시아 영토) 내의 네트워크를 통하여 고급 정보를 입수했다. "소련의 우리 독립군에 대한 강경노선은 불변"이라는 사실을 지휘부에 전하고, 일단 안전지대로 이동시키자고 주장했으나, 말을 듣지 않았다. 최운산은 상황이 몹시 심각하다는 것을 간파하고 비밀리에 철수작전 계획을 세웠다. 모연 활동을 하겠다는 핑계를 대고, 일단 자신의 부대와 함께 철수했다. 사태는 급박하게 돌아갔다.

그렇게 해서 최운산은 살아남은 병력을 이끌고 다시 중국으로 돌아갔다. 홍범도는 소련에 잔류했다. 그는 그렇게 시류에 휩쓸려 소련군에 적(籍)을 둔 이력이 있다. 그런데 그것이 무슨 문제가 된단 말인가. 100년 뒤 홍범도는 그로 인하여 조국으로부터 그 누구도 상상을 초월하는 모욕을 당하게 되었다. 일종의 부관참시였다. 나쁜 정치는 시공을 초월하여 악마가 된다.

삼둔자와 봉오동과 청산리에서 연달아 완승하고, 승승장구하며 당당하게 기세를 드높였던 4,000명의 우리 독립군단은 민족의 희망이었다. 그런데 이렇게 아무도 예상치 못했던 사변(事變)으로 그 위대한 전사들의 절반이 연해주 흑하 자유시에서 희생되었다. 우리 독립운동사에서 가장 큰 인명 손실이었다. 이보다 허망하고 통탄할 일이 또 어디 있겠는가.

제16장 고려중앙정청 창립

자유시참변(1921년) 이후, 러시아의 연해주와 중국 만주에서 활동하던 독립운동단체들은 큰 타격을 입고 분열되었다. 우리 독립운동 세력이 대혼란에 빠졌다. 그렇다고 해서 모두가 넋을 잃고 있을 수는 없었다. 최운산은 1922년 6월, 만주 독립군의 잔여 세력과 연해주에서 탈출한 독립운동 세력을 다시 규합하고 재정비하기 위하여 노령 블라고베션스크에서 고려중앙정청(高麗中央政廳)을 창설하였다. 중소 국경 지역인 이곳을 '무시'(武市)라고도 부른다. 이 도시의 이름이 우리에게 역사적으로 전쟁이 자주 일어났던 곳이었다고 알려준다.

최운산이 위원장이 되었으며, 임시정부 초대 국무총리 이동휘(1873~1935)와 연해주 대한국민의회 의장 문창범(1870~1938)은 조직의 운영에 깊이 관여하는 고문으로, 홍범도, 안무, 허근, 최진동은 군사위원 겸 고등군인 징모위원으로 활동했다. 다양한 독립군 단체를 통합하고 무장투쟁을 펼치며 지휘하기 위한 정치·행정 기능을 갖는 '중앙청' 같은 조직이었다.

최운산은 고려중앙정청을 한인사회의 정치적 대표 기구로 자리매김하게 했고 연해주 일대를 중심으로 소련 정부와 정치·외교적 관계를 회복하고 협력 가능성을 타진하려고 움직였다. 이에 더하여, 국제사회와의 교섭 창구 역할을 하기 위한 구상도 하고 한편, 한인 동포사회의 안전과 자치권 확보, 민족 결속을 다지는 일에도 최선을 다했다.

이 조직에 참여한 인물들은 하나같이 우리 독립운동사를 빛낸 걸출한 지도자였다. 그럼에도 불구하고, 고려중앙정청이 창립하면서 표방한 목적을 이루지는 못했다. 여러 가지 원인이 있지만, 독립운동 세력 내부의 이념 분열(민족주의파와 사회주의파의 노선 대립)과 지역 갈등(북간도파와 연해주파), 소련의 중앙집권적 정책, 한인사회에 대한 통제 강화 등으로 조직의 활동이 현저하게 위축되었다. 재정적 어려움도 원인이었다. 이로써 고려중앙정청은 아쉽게도 오래가지 못하고 해산되고 말았다. 대략 1923년 6월의 일로 추정된다.

제17장 마지막 도전, 제2의 봉오동 건설

수천의 병력과 무기 등 사실상 모든 것을 잃은 우리 독립군은 자유시참변을 겪으면서 어느 나라든 자국의 이익 앞에서는 혈서의 맹약도 배반하고 표변한다는 것을 깊이 깨달았다. 민족의 독립은 자력으로써만 가능하다는 교훈이었다. 최운산은 고려중앙정청 활동이 사실상 중단되면서, 중소 접경 지역인 북간도 삼림지대로 이동했다.

다행스럽게도 그는 일찍이 러시아군과 아령의 중국 국경 일대의 여러 도시를 대상으로 무역업을 하던 거상이었기 때문에 그쪽 지역에 대한 이해도도 높았고, 인맥도 넓었다. 그리고 그는 오랫동안, 생사를 가르는 고급 정보를 얻기 위하여 첩보부대를 별도로 운용하고 있었다. 그래서 만주, 소련은 물론, 국내 상황과 일제의 동향 등에 남달리 밝았다.

최진동 장군은 새 주둔지에 머물면서 줄어든 병력을 훈련하고, 최운산 장군은 국내를 넘나들며 모연 활동과 독립군을 모집하는 일에 치중했다. 아우 치흥은 멀지 않은 조용한 농촌마을에서 아편을 재배하는 농부로 위장하여 비밀리에 군자금 모금과 독립군 모집을 하고 있었다. 삼형제는 절망하지 않고, 다시 항일 무장투쟁의 의지와 열망을 불태우면서 참변의 상처를 극복해 나갔다.

연해주와 북간도의 곳곳에 사관학교를 세워서 독립군을 양성했다. 여기서 '사관학교'는 오늘날 정규 사관학교의 형태와 내용과는 거리가 멀다. 수시로 모집되는 병력에게 제식 훈련, 체력 훈련, 사격 훈련을 시키는 정도였다. 단기 독립군 양성소라고 이해하면 정확할 것이다. 최운산 장군은 전투 수행에 필요한 아군 병력이 안전하게 주둔할 수 있는 기지를 만들기 위하여 오지에 땅을 샀다. 돈이 필요할 때마다 연변의 가족(부친 최우삼과 부인 김성녀)이 소유지를 처분하여 송금했다. 이 사실 역시 일제의 외무성 기밀문서에 나와 있다.

최 씨 삼 형제는 흑룡강성 동녕현의 삼림 지역의 넓은 땅을 사서 그곳을 '고려촌'이라고 이름 짓고, 거기에 군사학교를 세워 독립군을 양성하였다. 훈련을 마친 군인들 가운데 일부는 필요한 때 언제든 참전하는 조건으로 귀가시켰다. 가족에게 하듯 숙식을 제공하고 넉넉하게 보급하던 봉오동 시절과는 형편이 달라졌기 때문이다.

그런 상황에서도 최운산 장군은 경신참변과 자유시참변 때 사망한 희생자들의 유가족들에게 생활비를 지원했다. 봉오동 김성녀 여사가 전달하기도 하고, 모연 요원들이 전달하기도 했다. 자금이 필요할 때마다 땅을 팔아서 돈을 마련할 수 있었으니 얼마나 다행스러운 일이었나. 또한 얼마나 감동적인 공동체였나.

이 무렵, 대한국민회군의 사령관 안무 장군이 최운산·
김성녀 부부의 심부름으로 참사 유족들에게 위로금을 전
달하러 가던 길에 일본군의 총에 맞아 중상을 입고 체포
되었다. 일본군은 그가 적군(독립군)의 거물임을 알아채
고, 총상을 치료해 주었다. 그리고 첩자로 써먹기 위해 회
유했다. 장군은 이를 거부하고 죽음을 택했다. 북간도 무
장투쟁 독립군들 사이에서 신망이 높고 존경받았던 안무
장군의 죽음은 참으로 안타까웠다. 이 사건은 당시 북간
도의 독립운동가들이 최운산 장군을 중심으로 뭉쳐서 공
동체를 이루고 있었다는 또 하나의 증거이기도 하다. 두
사람은 소속이 다른 독립군 지도자 아닌가.

"북간도와 아령 방면 근처에 근거를 둔 독립당 최진동
이 거느린 다수의 부하가 무기를 가지고 그 세력이 매우
군세다 한다. 중국 관헌들도 매우 염려하고 있다. 동녕현
의 행정 책임자가 길림성장에게 보고한 바에 의하면, 최
진동의 부하는 4,199명이며, 장총이 4,059개, 기관총이 27

개, 대포가 4개라고 한다." 동아일보 1924년 1월 14일 자
기사다.

제18장 아, 독립운동가!

만주 벌판의 호랑이들

"인간사회에서 슬픔의 종류는 허다하나, 나라를 강탈당한 망국노적 치욕 이상 가는 슬픔은 느낄 수 없을 것이며, 기쁨의 종류도 허다하나 잃었던 자유를 되찾은 기쁨, 즉 생명, 해방은 그 최고급의 환희일 것이다."

광대무변(廣大無邊)한 원시 자연의 세상을 인간에게 빼앗기고 쫓기다 마침내 더 이상 도망칠 수도 없는 험산 준령의 정상에서 통곡하는 호랑이의 슬픈 포효를 듣는 것 같다. 물론, 먼 훗날 우리 민족이 맞이한 해방의 기쁨은 당연히 저 망국의 부끄러움과 슬픔을 순식간에 사라지게 했을 것이다. 독립투사 이강훈 선생의 저서인 『대한민국 임시정부사』의 첫 문장이다.

아, 독립군!

나라 잃은 망국민으로서, 남의 나라 땅에서 기약도 없이 불철주야 종횡무진해야만 했던 운명의 주인공들. 밤하늘의 별을 보며, 실은 두렵고 외롭고 가슴이 허한 고난의 시간을 보내면서, 언제나 눈치를 보며 숨어 지내다 쫓기고, 도망치다 절벽에서 떨어지거나 총에 맞거나 굶주림과 고문, 병으로 목숨을 잃은 순국선열들! 그 이름 없는 '아무개'들을 생각할 때마다 가슴이 먹먹해진다. 독립운동사를 읽으면서 흐르는 눈물을 주체할 수 없던 적이 종종 있었을 것이다. 100년 전, 목숨 걸고 독립운동에 뛰어들었던 그 젊은이들의 뜨거운 가슴은 언제나 뭉클하다. 고맙다. 늘 숙연해진다.

박은식 선생이 만주와 연해주를 시찰한 뒤에 기록으로 남긴 글의 한 대목이 오래도록 기억에 남아 있다. 그의 저서인 『한국독립운동지혈사』에 나와 있는 내용이다.

"나는 요즈음 중국과 러시아령 사이를 여행하면서 각처를 두루 돌아보고 동포들을 방문하여 보았다. 그들은 산에서 사슴을 쏘고, 시장에서 땔나무를 팔며, 감자를 심어 양식으로 삼고, 엿을 팔아먹고 살았다. 이들은 모두 지난날의 의병장들이었다. 그들은 쓰러져가는 집에서 굶주림과 추위에 떨면서도 걱정하는 기색이 없었고, 오직 노래하고 읊조리는 것은 조국뿐이며 자나 깨나 조국이었다."

독립운동하다가 체포되면, 지옥의 고통을 피할 수 없었다. 지조를 지키려는 사람은 매 맞고 참혹하게 유린당했다. 그 후유증으로 대부분 끝내 죽었다. 목숨이 붙어 있으면, 세상에서 가장 참기 힘든 고문을 당했고, 그러다 죽으면 폐품처럼 버려졌다. 독립운동가들 가운데, 그 '지옥'을 모르는 사람은 없었다. 그런데도 그들은 그 지옥으로 뛰어들었다.

밀정·변절자·친일파

밀정들 가운데 상당수는 독립운동하다가 체포되어 첫 번째 고문을 당한 뒤에 배신자가 되었다. 일제는 그 순수하고 뜨거운 우국충정이 가득한 청년들의 부모와 형제, 근친을 괴롭혔다. 친구들도 괴롭혔다. 그가 태어나서 자란 마을에도 연좌제를 적용했다. 실로 잔인무도한 인간관이다. 인간이 인간에게 저지르는 폭력 가운데 이토록 극악한 경우가 또 어디 있을까.

그들은 그렇게 밀정이 된 후에는, 과거의 혈맹이 자신의 밀고로 인하여 받게 될 파멸적 고문과 죽음에 대해서조차 조금도 양심의 가책을 느끼지 않았다. 그들은 따뜻한 인정과 우정, 의리를 불필요하고 거추장스러운 짐으로 여겼다. 인간이기를 포기한 악귀!

지식인들 가운데 최남선은 기미 독립선언서를 쓴 사람이었지만 변절했고, 이에 서명한 민족 대표 33인들 가운데 3명—대종교의 최린, 기독교의 박희도와 정춘수—이들 역시 민족을 배신했다. 육당은 당대 최고의 문장가로서 기미독립선언서를 썼고, 3·1독립만세운동에 크게 이바지했다. 그로 인하여 2년 8개월 동안이나 옥살이를 했다. 1921년 출감 이후, 변절자의 길을 걸어가다가 1927년 조선사편수위원회에 참여하여 민족사를 왜곡하는 일에 앞장섰다. 동경 유학생 2·8독립선언문을 쓰고 운동을 주도했던 춘원 이광수도 친일파로 옷을 갈아입고 '민족개조론'을 떠들다가 6·25전쟁 때 납북되었다. 비참하게 살다 죽었다. 깊이 생각하면, 그 존재 하나하나가 일본이 파괴하고 분쇄한 작은 조선이다. 각각이 하나의 '참상의 현장'이다. 민초는 밀정·변절자·친일파들이 만든 지옥에서 목숨을 걸고 항전했다. 그것이 우리 민족의 DNA다.

'내 나라', 대한민국

제국을 닫고 민국을 열다

　나는 독립운동가들, 특히 젊은 의협(義俠)들의 그 초인
적인 태도에 대하여 깊은 경의를 표하며 살아왔다. 내가
그 시대의 청년이었다면 어떻게 처신했을까. 아무리 국
권 회복의 목표가 절실하다고 하더라도, '나'의 생명은 그
에 못지않게 소중하고 존엄한 것이다. 시공을 초월하는
보편가치다. 그 바탕에는 부모형제, 친구와 이웃을 지키
는 것과 나라와 겨레를 지키는 것이 다르지 않다는 의식
이 짙게 깔려 있었다.

　일제 치하에서는 누구든 어디서 무슨 일을 하든 어차
피 행복하게 살 수 없었다. 그래서 무수한 젊은이들이 독
립운동의 외길로 뛰어들었다. 미래가 절망적이라고 결론
내린 그 청년들이 민족이 처한 시대의 지상과제를 해결
하기 위하여 자신을 던진 것이다. 그것은 바로 어제까지
머슴이었던 갑남을녀(甲男乙女)와 장삼이사(張三李四)
가 나라의 주인으로 신분을 바꾼 위대한 선택이었다. 민
초가 모두 소아(小我)를 버리고 대아(大我)로 거듭난 것
이다.

민초에게 이토록 뭉클하고 파격적인 선택을 촉진했던 가치와 비전은 무엇보다도 대한민국 임시정부가 선언했던 국가의 정체성 혁명이었다. 일제를 물리치고, 나라를 구하는 것이 더 이상 이씨 왕조를 위한 일이 아니라, 평생 머슴이었던 할아버지와 아버지의, 우리 집안의, 그리고 '나' 자신의 일이 된 것이다. 혁명이란 말은 몰랐지만, 그들은 개개인이 모두 혁명가였다.

민주공화제 헌장 1조의 주권재민(主權在民) 조항은 곧 "내가 내 인생의 주인"이라는 보증서였다. '나'와 '우리'의 논문서와 집문서였다. 삶의 전부였다. 그뿐만이 아니었다. '평등 조항'에서는 모든 국민은 성별, 신분, 계급과 상관없이 평등하다고 선언했다. '자유와 권리 보장 조항'에서는, 종교, 언론, 출판, 집회 등 다양한 자유와 권리를 보장했다. '국제 평화 기여' 조항에서는 하늘의 뜻에 따른 건국 정신을 바탕으로, 세계 평화와 인류문화에 공헌하겠다고 선언했다.

일제의 폭압 아래서, 언제 멸족당할지 모르는 위기 속에서도, 그리고 쌀독이 비어 있는 집안처럼 곤궁한 나라 살림이었지만, 임시정부는 제대로 된 나라, 품격이 높은 나라를 세울 것을 목표로 삼았고, 그에 따라 독립운동을 전개했다. 그 증거가 바로 임시정부 헌장 1조다. "대한민국은 민주공화제로 한다." 긴말할 필요 없이, 독립운동에 목숨을 걸었던 우리 조상들은 참으로 위대한 사상가 집단이었다.

'대한민국'은 "우리나라의 주인은 국민, 곧 '나'라는 철학에서 나온 새 나라"였다. 헌장은 우리 민족에게 이제껏 없었던 혁명적 에너지를 손에 쥐여 주고 가슴에 넣어 주었다. 항일 무장투쟁은 제국의 신민으로서가 아니라, 나라의 주인들로서 목숨 걸고 달려들었던 구국운동이었다. 그래서 전국 방방곡곡의 남녀노소 모두와 간도, 연해주, 하와이처럼 나라 밖의 동포들에게도 똑같이 국권 회복을 목표로 돌진하는 힘의 원천이었다.

실로 어마어마한 일이었다. 그것은 우리 민초에게 반만
년 동안 없었던 초인적인 힘이었다. 그래서 아무도 말릴
수 없었다. 내 집과 우리 집처럼, 나의 나라, 우리의 나라
가 된 것이다. 그 새로운 사상이 우리 민족해방운동의 결
정적 에너지가 된 것이었다. 독립군들은 그래서 목숨을
걸었다. 그로부터 무슨 일이든 '帝國의 臣民'(제국의 신민)
이 아니라, '民國의 主人(민국의 주인)'으로서 했다.

4부

제19장 거인의 수난사

최운산 장군은 평생 여섯 차례에 걸쳐 감옥살이를 했다. 그 수감 이력 가운데 가장 긴 옥고는 1924년부터 1926년까지 3년간이었다. 일제 경찰 살인죄에 모연 활동죄가 추가된 것이다. 아들이 옥살이하는 동안 아버지 최우삼이 세상을 떴다.

총독부 기관지인 『매일신보』의 1925년 3월 30일 자 기사는 최운산(최문무)을 길게 다루고 있다.

"무장단의 괴수(魁首), 8년 징역에 불복 항소. 함북 온성군 유포면 하탄동 최문무와 동군 남면 북창평 최태여.

두 명은 지나(중국) 간도 도독군부의 주요 간부로, 만 원에 달하는 군자금을 모집한 사건으로, 청진지방법원에서 최문무는 징역 8년, 최태여는 징역 5년의 판결을 받고, 경성 복심법원에 공소하였는데, 이제 그 사실을 물은 즉, 최문무, 최태여 두 명은 모두 극단적 배일사상을 품고, 대정 8년에 지나(중국) 간도 왕청현 춘화향 봉오동에 가서 그곳 독군부에 가입하여, 부하 650여 명의 무장단을 거느리고, 독군부 수령으로 있는 최명록의 가장 사랑하는 사람이 되어 최문무는 모연대장, 최태여는 재무부원으로 임명되야, 혹은 공모 혹은 각각 나누어서 수십여 명의 무장한 부하들을 인솔하고, 권총, 장총, 폭탄 등을 휴대하고, 간도 일대를 횡행하며, 대정 8년 11월부터 작년 11월 중순까지 촌려의 부호를 협박하고, 전후 10차례에 합계 9,272원을 강탈하였고, 대정 9년 9일에 일본 관헌의 토벌대가 간도에 주둔하게 됨에 그들은 모두 노령 방면으로 가서 의연히 조선 독립운동에 노력하다가 작년 9월에 다시 간도로 가서 일본 관헌의 경비 상황 조사와 군자금 모집에 종사하다가 검거된 것이라는데, 이들과 같이 사십여 명의 무장단이 한꺼번에 몰려다니며 1만 원이라는 거금의 군자금을 강탈한 사실은 드물게 보는 큰 사건이라드라.”

최운산은 투옥될 때마다 이름이 달랐다. 앞에서 서술한 바대로, 여덟 개의 이름을 가진 독립운동가로 살았다. 죄목이 가벼울 때는 보석으로 나온 적도 있다. 1937년 유명한 ‘보천보사건’이 터졌을 때는, 아무 관련이 없었는데도 배후 세력으로 지목되어 몇 개월 동안 수감된 일도 있었다. 50대 중반이던 1939년 11월에는 강압적인 창씨개명을 거부하고, 군자금 모금 활동을 하는 불령선인으로 체포되어 10개월 동안 투옥된 일도 있다.

대부호 최운산 장군도 해방이 다가오던 1940년 무렵부터 자금 사정이 어려워졌다. 하지만 마지막 순간까지 독립운동을 소홀히 한 적은 한 번도 없었다. 후첨한 그의 연보(年譜)가 바로 그 증거다.

제20장 순국과 유언

별이 지다

항일 무장투쟁사에서 가장 특별한 인물들 가운데 하나
였던 최운산 장군은 봉오동 기지를 건설하고, 독립운동가
로서 군자금 모연 활동만 한 것이 아니었다. 무술과 총검
술 등에서 탁월한 무인으로서, 그는 항상 전투 현장에 있
었다. 고급 정보를 바탕으로 펼치는 뛰어난 전략가였다.
여러 차례 모진 고문을 당했지만, 추호도 타협하지 않았
다. 실로 결기가 강한 민족해방 투쟁가였다.

기골이 장대하고 타의 추종을 불허하는 무술인이었지

만, 석방될 때는 항상 빈사 상태로 수레에 실려 집으로 돌아오곤 했다. 그 시절, 일제의 감옥은 행동반경을 제한하는 속박의 공간만이 아니었다. 차라리 죽는 게 낫겠다는 생각이 들 정도로 치명적인 고문이 수감 기간 내내 자행되는 야만의 현장이었다.

그래서 장군의 육신에는 항상 장독(杖毒)이 짙고 푸르게 들어 있었다. 출감한 이후에는, 한동안 후유증을 심하게 앓았다. 그런 몸이 움직일 만한 정도로 회복되면, 언제 그랬냐는 듯이 변장하고 이름을 바꾼 뒤 또다시 전투 현장으로 뛰어갔다. 참으로 특별한 인생이었고, 모진 운명이었다.

독립운동은 과장 없이, 그처럼 지옥의 고문을 각오하고 민족해방이라는 큰 목표와 가치에 인생을 통째로 던지는 헌신이었다. 이 거인의 운명은 어쩌면, 반만년 동안 끝임 없이 침략을 당하면서도 이웃 나라를 쳐들어간 적이 없는 우리 민족의 한 많은 역사를 상징하는 것 같다.

그렇게 그는 무장투쟁의 길을 포기하지 않고 운명에 순응하듯 살아왔다. 그 사이에 만주 갑부는 북간도 독립군 부대들을 유지하느라 그 큰 재산을 모두 소진하였다. 한때는 재산이 얼마인지 계산조차 할 수 없었던 억만장자에게 봉오동 수남촌에 있는 집 한 채와 텃밭 한 뙈기만 남았다.

일본 와세다대학 정치학과에서 공부하던 장남 봉우가 유학 중에 학병 징집을 거부하고 집으로 돌아왔다. 그런데 그는 간첩 누명을 쓰고 잡혀가 심한 고문을 당했다. 죽기 직전에까지 이르렀다. 기적적으로 목숨을 건진 아들은 평양으로 도주하였다. 그리고 얼마 후 최운산 장군은 건강을 회복하고 정착한 아들의 평양 집을 찾아갔다. 실은 이때, 최운산 장군도 혹독한 고문을 받고 출옥하여 겨우 회복한 상태로 평양으로 피신한 것이었다.

오호애재라!

부자상봉의 기쁨을 제대로 누리기도 전에, 아들이 무사한 것만 확인한 뒤 곧바로 고문 후유증이 도졌다. 아들은 손도 써보지 못했다. 거인은 그렇게 해방을 한 달여 앞둔 1945년 7월 5일에 순국했다. 왜 큰 인물들은 예정된 것처럼 그렇게 감당하기 어려운 아쉬움을 남기고 생을 마칠까? 이는 오래전부터 품고 있는 의문이다. 어쩌면, 진정한 거인들은 어디서, 어느 때, 누구 옆에서 세상을 떠나더라도 그 아쉬움은 짙고 굵은 획으로 남게 될 것 같다. 아들은 경황 중에 아버지의 시신을 지금의 평양 순안공항 근처로 모셨다.

'별이 남긴 말'

"내 평생, 나라의 독립을 위해서 노력했고, 많은 사람의 목숨을 구했다. 이제 곧 해방될 것이다. 내 목숨이 얼마 남지 않았으나, 일생 동안 의(義)를 찾고자 했으니 후회가 없다. 시대가 어려워 모두 고생하고 있지만, 내 자식들이 나쁘게 되지는 않을 것이다."

고품격 유언이다.

장군이 온 마음으로 목숨과 재산을 다 내놓고 싸웠던 철천지원수 일본의 패망과 항복을 보고 저세상으로 떠났다면 얼마나 좋았을까? 그 점은 참으로 슬프고 안타깝다. 언제나 어디서나, 누구와 함께하든, 공의로운 생각으로 말하고 합의된 바들을 성실하게 실천하는 것을 일상화하여 살아온 거인! 함께 싸우다가 먼저 전사한 동지들의 유족을 끝까지 보살핀 다정한 사나이! 이처럼 극적인 삶과 죽음의 주인공은 후대가 그 궤적을 제대로 기록하고 빚진 자의 마음으로 추모함으로써 민족공동체의 가슴에 남아서 영생해야 한다.

우리는 저 위대한 이별의 메시지를 접하면서, 최운산 장군은 한평생 자신의 인생에 대하여 큰 자부심과 강한 자기확신을 지니고 살아온 인물임을 알 수 있다. 더 나아가, 죽음 그 자체에 대해서 모든 인간이 가지고 있는 근원적 두려움조차 넘어선 비범함을 느끼게 만든다.

아들은 아버지의 유언을 또렷이 기억하여 자신의 자녀들에게 틀림없이 전했다. 부전자전! 그 아버지에 그 아들이었다. 그 특별한 메시지의 힘으로 아들과 그의 5남매는 기나긴 고난의 시간을 의연하게 버텼다. 한 사람도 격조를 잃지 않았다. 이 유언은 갑부로서, 그 많은 재산을 국권 회복을 위하여 민족해방의 제단에 봉헌한 사람만이 할 수 있는 언사다.

진정으로 큰 인물의 죽음은 장례 의식이 끝났다고 해서 끝나는 것이 아니다. 최운산 장군은 반드시 살아 있는 역사로 위대하게 부활해서 온 세상의 이름 없는 민초에게 오래도록 말하고 음덕(蔭德)을 베풀 것이다.

노블레스 오블리주

21세기 우리 대한민국 사람들 가운데 노블레스 오블리주(Noblesse Oblige)라는 말과 그 뜻을 모르는 사람들은 많지 않을 것이다. 이는 프랑스의 격언이다. 특정 국가의 문화적 품격을 재는 특별한 기준이다. 본뜻은 '귀족에게는 주어진 의무가 크다'는 말이다. 특권층일수록 자신의 나라와 공동체를 위하여 솔선수범으로 선행을 하고, 전쟁이 나면 가장 먼저 전선으로 뛰어나감으로써 희생을 감수하는 모범을 보여야 하는 것이었다.

"윗물이 맑아야 아랫물이 맑다"라는 우리 속담도 같은 정신에서 나온 말이다. 우리 전통문화에도 '노블레스 오블리주'의 윤리관이 있었다는 증거다. 우당 이회영家는 1910년 12월 30일 압록강을 건넜다. 당시 전 재산을 급히 처분하여 손에 쥔 돈은 40만 원이었다. 당시로서는 실로 거금이었다. 이 집안을 하나의 사례로 삼아 100년 후의 화폐가치를 연구하고 밝혀내어 기록으로 남기는 일은 참으로 뜻있는 일이다. 후대의 의무이기도 하다.

1910년에 40만 원은 아래의 몇 가지 기준에 따라 현재의 가치가 다양하게 산출된다.

1. 금 가격 기준

-1910년 금 1돈은 5원

-금 1돈(3.75g)

-현재 1돈 가격 95만 원

-400,000만 원÷5원/돈 = 8만 돈

80,000돈×950,000 = 760억 원

2. 소비자 물가지수(CPI) 기준

-1910년~2020년 물가상승배수 16,116배

1원=16,116원

40만 원×16,116=644.6억 원

3. 쌀 가격 기준

-1910년 쌀 1가마(80kg) = 7원

현재 쌀 1가마(80kg)=20만 원

40만 원÷7=57,143가마

57,143×20만=114억 3천만 원

4. 명동 땅값 기준

-1910년대 명동 땅값의 평당 추정가: 5원~15원

평균 10원이라고 가정하면 40만 원은 4만 평을 살 수 있는 돈이었다.

2025년 현재 명동 땅값은 5억 원/평이다.

4만 평×5억 원=20조 원

5. 소총 1정 기준 추정치

1920년대 소총 1정은 탄알 100발을 포함하여 35원 정도(일제의 자료)였다는 연구 자료가 있다. 당시 10원은 오늘날의 화폐가치로 30만 원에서 50만 원, 100원은 300만 원에서 500만 원으로 계산하는 것이 일반적이다. 상해 임시정부가 발행한 『독립신문』에서는 100원 내외라고 보도되었다. 밀매시장에서는 100원에서 300원까지 거래되었다는 기록도 있다. 이는 오늘의 300만 원(~500만 원)의 값어치다.

최운산 장군이 연해주에서 귀국하는 체코군으로부터 사들인 소총 5만 정(10만 정이라는 주장도 있음)의 구매 비용은 5만 원이었다. 오늘날의 화폐가치로 최소 150억 원에서 최대 250억 원 사이로 추산된다. 이는 단지 1회의 지출이었다. 그는 수십 년 동안 두만강을 건너온 독립운동가들을 물심양면으로 지원했다. 봉오동에 집결한 수천의 독립군에게 식의주(食衣住)와 최고 가격, 최고 성능의 무기를 지급했다.

6. 학계 및 언론계 추정치

600억 원~650억 원

'우당家의 40만 원'은 이처럼 거대한 자산이었다. 최운산이 북간도 항일 무장투쟁 독립운동단체의 병력에게 식의주(食衣住)를 자대(自隊, 대한군무도독부) 수준으로 제공하고, 현대식 총포로 무장했던 통합군단 '대한북로독군부'를 유지하는 데 들어간 군비(軍費)의 규모는 어느 정도였을까.

독립운동사의 큰 어른들이 남겨 놓은 어록들처럼, '결정적 기여'로 '불후의 이바지'를 한 최운산 장군이 조국과 민족의 해방투쟁에 희사한 헌금의 규모는 현재의 화폐가치로는 수치화할 수 없다는 것을 뜻한다. 단지 '천문학적'이라고 말할 수 있을 뿐이다.

칠흑같이 어두운 밤, 갈 곳을 알 수 없어 방황하던 2천만 망국노들에게 창공의 성좌로서 길을 이끌어 준 그 뭉클하고 위대한 인물들과 그 가문 권속들의 고결한 정신은 그 '초월적인 숫자'들보다 열 배 백 배 더 높다.

제21장 나는 최운산이다

나는 1885년 11월, 중국 길림성 연변의 국자가에서 태어났다. 백두산 동북방이었다. 아버지(최우삼公)는 연변의 도태(道台, 군수나 도지사와 같은 행정 책임자)였다. 조선 정부가 아버지를 행정관리로 파견한 것을 봐도 그렇고, 당시에 그 지방에서 사는 동포들도 연변을 넘어 길림성까지도 당연하게 우리 땅이라고 여기고 거기서 살고 있었다.

우리 집은 두만강 건너 함경도 온성의 진산 최씨 집성촌에서 수백 년을 살아온 집안이었다. 아버지가 부임하는 바람에 연변으로 이주하게 되었다. 이웃들이 모두 가난하여 다들 힘들게 살았다. 동무들은 그 추운 연변의 겨울바람을 막아줄 변변한 옷도 없이 자랐다. 먹는 것도 부실했다. 또래들이 한 해에 여럿 죽었다. 한 집에 열 명 전후로 자식을 낳으면, 보통 반은 잃었다. 그 시대의 어른들은 인명재천(人命在天)이라는 말을 입에 달고 살았다. 마을에는 중국 사람들이 섞여 살았는데, 그들도 별 차이가 없었다.

나는 예닐곱 살쯤부터 서당에 다니면서 한문과 중국말을 배웠는데, 동학(同學)들 가운데 절반가량은 중국 아이들이었다. 훈장님은 매일 "명길이가 젤 똑똑하다"라고 칭찬하셨다. 명길은 내가 스무 살 되기 전까지 불렸던 이름이다. 나는 서당 다니는 것이 참 좋았다. 함께 공부하는 애들은 조선족이니 한족이니 하며 편을 가르고 구분하는 마음 자체가 없었다. 훈장님도 동포 어른이었지만, 학동(學童)들을 차별하지 않고 자식처럼 대했다. 내가 중국말을 중국 애들보다 더 잘하고, 한문도 더 잘 쓰게 된 것은 그 서당 선생님의 끝없는 칭찬 덕분이었다.

철이 좀 든 뒤였다. 나는 어느 날 우리 동네 이름이 왜 국자가인지 궁금했다. 천자문을 공부하면, '그 큰 나라 중국이 동이-서융-남만-북적(東夷-西戎-南蠻-北狄)으로 구분하고 멸시해 온 오랑캐 족속들과의 한 경계 지역에다가 왜 나라 국(國)과 아들 자(子)가 들어가는 이름을 붙였을까?' 하는 정도의 호기심이 생기는 게 정상이다. 여쭈어보니, 훈장님과 집안 어른들 말씀이 똑같았다. "수천 년 전에 우리 민족을 세운 단군왕검이 국자(세자)로 책봉된 곳이 바로 여기다."

그 후, 나는 국자가가 단군왕검, 고조선 건국신화와 연관된 아주 특별한 고을이라고 믿게 되었다. 백두산 주변에서 살아온 우리 동포들은 내남없이 자신들이 사는 이곳이 바로 민족의 시조(始祖), 즉 국조(國祖)가 나라를 세운(建國) 성스러운 땅이라고 알고 자랐다. 그 특별한 생각은 때로는 자부심이 되고, 때로는 사명감이 되어 꼭 필요한 때에는 언제나 놀라운 힘으로 전환되었다.

특히, 나라와 민족이 풍전등화의 위기에 처할 때마다 목숨을 걸고 뛰어들어 나라를 구하는 전통을 계승했다. 우리 민족은 그렇게 특별한 족속으로 살면서 대를 이었고, 그 후손들도 조상들이 살다 간 것처럼 살았다. 그렇게 수천 년을 이어왔다. 그들은 죽을 때까지 그 정신을 놓지 않고 살았다. 그 힘은 유전자가 되었다.

국자(國子)는 문자 그대로 '하늘이 내린 민족의 아들', 즉 왕자(王子)를 뜻한다. 나는 내 고향 이름과 관련된 전설에 대해서 배워서 알게 된 뒤로, 마음속으로 '내가 어른이 되었구나' 하는 자의식을 지니게 되었다. 그때 그 느낌은 참으로 특별했다. 내가 죽는 날까지 순전한 독립운동가로 활동할 수 있었던 것은, 우리 민족사와 내 고향 백두산 한쪽 국자가의 특별한 연관성에 대한 이해, 깨달음, 감동, 여기가 민족의 성지라는 인식과 믿음 등의 가치들이 뭉뚱그려져서 나의 가슴에 불덩어리로 들어앉은 덕분이었다.

나이가 들어서도 어릴 때 지녔던 그 믿음이 흔들린 적이 없다. 나는 국자가에서 태어났다. 국자가는 나를 낳은 또 하나의 모성이다. 지명은 단순한 위치 표시가 아니라, 그 지역의 역사, 신화, 지리, 민족적 특질을 담아내는 상징이다. 사람 이름, 사물의 이름도 마찬가지다. 단순히 부르는 소리가 아니라, 특별한 의미와 소망을 담는 것이다. 어떤 어른들은 그에 대해서 '나라(國)'이 아니라, '판(局)'이라고 얘기하며, 별 뜻 없이 그저 관공서 등에 붙이는 글자라고 설명했다. 인정할 수 없었다. 그 뒤로 나는 마음속에 그분들을 '국파(局派)'로 분류했다. 소년은 '내 고향은 '우리나라(國)의 첫 아들(子)이 태어난 고을(街)'이지, 바둑판 크기의 '국(局)'으로 시작하는 국자가가 아니다!'라고 생각하며 오랜 세월 전해져 내려온 신화를 사실로 믿었다. 동무들 가운데도 국파가 있었는데, 내 앞에서는 그 말을 하지 않았다.

우리 동포들은 언제나 성실하게 일하고 살림을 알뜰하

게 꾸려갔다. 그래서 어느 집이나 넉넉하게 살았다. 그런데 청(淸)의 관리들은 세금을 과하게 거두어가면서도 수시로 우리 동포들을 윽박지르며 억압했다. "강 건너로 돌려보내겠다"라는 말로 협박하며 겁을 주었다. 갈등이 일상적이었다. 어느 날, 우리 동포들이 그에 대하여 집단적으로 격하게 항의한 일이 있었다. 마침내 청나라는 군대를 동원하여 "조선 사람들이 대거 국경을 넘어 들어와서 땅을 다 차지한다"라며, 우리 동포사회를 공격했다. 아버지는 군대를 일으켜서 "여기는 조선 땅!"을 외치며 반격하였으나, 병력의 열세로 패했다. 상황이 매우 위급했기 때문에 아버지는 가족들 가운데 형과 나만 데리고 강을 건넜다. 고향으로 피신할 때, 아버지 친구 한 분의 도움을 받아 무사했다.

청군(淸軍)은 연변에 남은 가족들 가운데 할머니(청주 한씨)를 체포하여 투옥했다. 우리 집안은 대대로 민족주의가 투철했다. 할머니도 당연히 아버지와 같은 생각이었다. 인질로 감옥에 갇힌 할머니도 "여기는 조선 땅!"이라며 큰소리를 쳤다. 그 위세가 얼마나 대단하였던지, 간수들이 아침마다 문안 인사를 올렸다고 한다. 과장이 아니었다. 아버지는 그 소식을 듣자마자 연변으로 돌아가 자수하고 할머니 대신 투옥되었다. 적장(敵將)이 제 발로 걸어 들어간 것이다. 죽일 듯이 고문을 했다. 할머니는 나오자마자 곧바로 집안의 귀물들을 모두 팔아서 거금의 보석금을 내고 아버지를 빼냈다. 아버지는 그때 몸이 심하게 축났다. 이것이 당시 청나라 정부가 '도태의 난'(道台之亂)이라고 폄하했던 조청 간(朝淸間) 영토 전쟁의 실상이었다.

전쟁은 끝났지만, 우리 집안의 가세는 급격히 기울었다. 온 가족이 열심히 일하여 근근히 대가족의 살림살이를 이어갔다. 난리 때, 우리 삼부자의 피신을 도와준 그 어른은 나중에 알고 보니 전통무술의 고수였다. 그분은 우리 집에서 기거하면서, 나를 비롯하여 동네 아이들에게 무술을 가르쳤다. 운동을 좋아하는 나는 서당에서 공부할 때처럼 열심히 배웠다.

그런데 안타깝게도, 그때까지 집안의 형편은 호전되지 않았다. 나와 형은 각각 당시 지역사회에서 인품이 훌륭한 부자로 소문이 자자했던 분들 집에 일꾼으로 들어갔다. 그때 우리 형제는 겨우 십대 초반이었다. 하지만 나이에 비하여 건장하였다. 이 얼마나 다행스러운 일인가. 일꾼들을 가족처럼 대해 주었다. 형은 재산관리인이 될 정도로 크게 신임을 받았다. 주인은 해마다 늘려준 재산의 일부를 형에게 떼어주었다. 재복이 터진 것이다.

나는 주인으로부터 세상살이의 지혜를 배웠다. 서당 훈장님 이후 만난 또 한 분의 스승이었다. 어느 날, 거울에 비친 내 모습에서는 내가 봐도 어른티가 물씬 풍겼다. 그때 키가 이미 6척이었다. 종일 몸을 쓰는 일을 했기 때문에 아주 튼튼한 장사가 되었다. 그렇게 열심히 일한 후 나는 왕청현의 총대로 일하게 되었다. 장작림이 벌이는 토지 정비 사업의 실무 총책임자가 된 것이다.

중국이 신해혁명(1911년)을 거쳐 제국(淸)의 잔재를 청

산하고 국가의 정체성을 공화국으로 변경하여 '중화민국'
으로 거듭나던(1912년 1월 1일) 시기였다. 나는 투입되자
마자 금세 인정받았다. 일 처리를 잘해서 감독들이 모두
좋아했다. 감독들의 대화나 표정을 보고 그들이 나를 크
게 신임하고 있음을 알아챘다. "저 친구는 겸손하고 예의
바른 청년이다. 아주 유능하다." 그들은 이구동성으로 나
를 그렇게 평가했다. 돌이켜 보면, 어려서 집안 어른들과
서당에서 받은 가르침, 남의 집에서 일하면서 주인어른으
로부터 배운 세상살이의 요령과 교훈들, 그 시간 동안 체
득한 일머리가 합쳐진 지혜 덕분이었다.

나는 10대 중반부터 이미 지역사회에서 크게 될 재목
으로 기대를 받았다. 스무 살도 되기 전에 아버지뻘 되는
어른들과 동료로 일을 하게 되었고, 이 거대한 정책사업
이 끝난 후에는 광활한 면적의 땅을 초저가로 사들일 수
있었다. 일종의 포상이었다. 큰 특혜였다. 활용구상이 없
는 사람들에게는 쓸모없는 땅이었다. 그 일을 계기로 나
는 당시 그 지역의 공공 분야 일꾼들과 끈끈한 신뢰 관계

를 구축할 수 있었다.

어른들 말씀대로, 평생 한두 번 든다는 대운이란 게 있는 것 같았다. 겨우 스무 살 갓 넘은 내가 땅의 넓이로만 치면, 상상을 초월하는 초거대 면적의 지주가 되었으니 말이다. 인근에서 내가 그 광활한 땅의 주인이라는 것을 모르는 사람은 없었다. 그 덕에 나는 사회적으로 신용이 매우 높은 사람이 되었다. 우리 가족의 생활에 필요한 돈과 내가 사업을 하는 데 들어가는 초기 자금을 융통하는 일이 수월해졌다. 고진감래(苦盡甘來)라고 했던가! 참으로 감격적이었다.

나의 개인사와 가족사에 그토록 큰 변동이 생겼을 때, 장작림으로부터 보위단(장작림 군대)의 훈련 교관 및 무술 지도 책임자 자리를 제안받았다. 토지 정비 사업을 할 때, 나에 대하여 평가가 매우 높았는데, 그것을 보고받았던 모양이다. 나는 형과 함께 장교로 입대했다. 중국군 내에서 우리 형제에 대한 평판이 좋았다.

장작림이 어떤 인품이었든 간에, 사실상 제왕이었으니 그 사람과 특별한 인연을 맺는 것은 어느 모로 보든지, 나쁠 것은 없었다. 그래서 나도 보위단의 장교가 되었다. 장작림은 실은, 토비(土匪), 즉 마적 출신으로 군벌이 된 자였는데 누구도 대적할 수 없는 절대강자였다. 그는 필요하면, 언제든지 우정과 의리를 배반하고 자신의 욕구를 위해서는 은인조차 희생양으로 삼았다. 내가 장작림을 몰랐던 것은 아니다. 정직하게 말하면 그 시절, 누구든 그 사람과 적대적으로 지내는 것은 매우 위험한 처신이었다. 나는 그 점을 잘 알고 있었다. 그로써 나는 장작림과 일생일대의 특별한 인연을 맺게 되었다.

내가 보위단에 들어가서 근무하는 동안, 장작림은 내 덕분에 목숨을 지킨 사람이라고 해도 과언이 아니다. 그러한 연유로, 내 말은 비교적 잘 들어주었다. 나에게 많이 의지했다. 그랬던 그가 어느 날 돌변했다. 조선 독립군을 잡아오면 머릿수로 계산하여 돈을 준다는, 이른바 '미쓰야 협정'(1925년)을 맺고 나서 우리 독립군들을 잡아다 팔아먹기도 했다. 나는 그때부터 그와 대적하였다. 용서할 수 없었기에 위험한 결정을 했다.

1928년 6월 4일 일제의 관동군 대령 가와모토 다이사쿠(河本大作)가 북경에서 봉천으로 돌아오는 열차를 종착역 부근에서 폭파했다. 그 사건으로 장작림이 53세에 폭사했다. 대령은 거사 직전에 "이제 장작림을 제거할 때가 되었다"라고 말한 것으로 전해진다.

나는 그때 이미 국수, 콩기름, 성냥, 과자, 막걸리, 비누 등의 다양한 생필품을 생산하는 공장을 품목마다 세워서 돌리고 있었다. 그 넓은 땅 한쪽에는 목장을 조성하여 천 마리가 넘는 소 떼가 평화롭게 풀을 뜯고 있었다. 고향에는 북간도 봉오동 신한촌에서 이주민을 모집한다는 방을 붙였다. 많은 사람이 건너와서 공동체의 일원이 되었다. 공장, 목장, 농장이 모두 잘 돌아갔다. 무엇보다도 가족처럼 함께 일하는 우리 동포들의 살림살이가 넉넉해지고,

봉오동 사람으로 사는 것에 대해서 자부심을 느끼는 것을 볼 때마다 내 가슴이 벅차올랐다.

　나는 조선 전체에서 가장 낮은 소작료를 받았다. 학교를 지어 아이들이 공부할 수 있게 하고, 동포사회 여기저기에 수소문하여 좋은 선생들을 초빙했다. 한약방을 열어 주민들에게 침도 놓고 약도 지어 먹도록 했다. 그때는 특히 소아마비 환자가 많았다. 그들에게도 앉아서 할 수 있는 일거리를 주었다. 고향에 늙으신 부모를 남겨 놓고 건너온 젊은 부부들에게는 우리 자위 부대 장정들을 시켜 모셔 와 함께 살도록 했다. 일할 수 있는 노인들에게는 일거리를 주었다. 봉오동 신한촌은 완전고용이 이루어진 공동체였다.

　나는 1907년에 여덟 살 아래의 처자인 김성녀(1893년생)와 결혼했다. 그때 이미 사업가로서 자리를 잡고 있었다. 나는 스물두 살, 아내는 열네 살이었다. 아내는 나이에 비하여 당차고 어른스러워서 듬직했다. 나는 한평생 그를 동지로 여기고 존중하며 살았다. 그 시절, 상당수의 남자는 첩을 두었다. 본처는 물론, 첩이 있는 사내들도 난봉질을 하던 시대였다. 나는 수시로 노령(러시아 영토)과 강 건너 내 나라 내 고향에 드나들며 활동하고 있었었지만, 미희(美姬)를 탐한 적이 단 한 차례도 없다.

우리는 모두 열한 명의 자식을 낳았다. 아내는 자식 욕심이 많았다. 넷은 일찍 잃었다. 딸 넷과 아들 셋이 살아남았다. 내가 독립운동가로 살았기에 하나같이 고생이 심했지만, 잘 자랐다. 내가 죽은(1945년 7월) 뒤, 5년쯤 지나서 반도 남북의 동족이 전쟁을 치르는 바람에, 내 자식들은 연변과 함경도, 부산으로 흩어져서 오랜 세월 동안 서로 생사도 모르고 살았다. 그런데 지난 1983년에 한국 정부가 '남북 이산가족 찾기 운동'이라는 정치공작을 대대적으로 벌인 덕분에 상봉하게 되었다. 북쪽에 사는 딸(옥순)만 남쪽의 피붙이들과 만나지 못했다. 이화여전을 나와서 일본으로 유학까지 갔던, 속이 깊고 이뻤던 그 딸이 가장 힘들게 살았다. 그런 가운데서도 지혜롭게 살아

냈을 것이다.

　나는 봉오동 역사의 증인이다. 아니, 증인이란 말은 약하다. 주인이다. 봉오동은 내가 마련한 땅에 내가 손수 만든 특별한 마을이다. 내 인생에서 봉오동 애기를 빼면, 남는 게 없다고 해도 과언이 아니다. 가족이 민족의 짐을 지어야만 했던, 청나라와의 영토 전쟁으로 모진 고난의 시간을 보내고 나서, 우리 집안의 4대는 1908년, 아직 이름도 없고 인적도 없던 곳으로 이주했다. 우선 동네 이름부터 지어야 했다. 나는 어렸을 때 들었던 '봉황새(鳳)와 오동나무(梧)' 전설이 떠올랐다. "봉황은 오동나무에서만 쉬고 집을 짓고 새끼를 친다!" 아버지도 아주 좋다고 하셨다. 봉오동은 그렇게 이 세상에 이름을 올렸다. 그때 내 나이는 스물세 살이었다.

　그때 우리 조국과 민족은 위급한 중환자와 같았다. 을사늑약(1905년)으로 사실상 국권을 빼앗긴 상태였다. 일제는 대한제국의 외교권을 박탈하고, 통감을 파견하여 내

정을 장악했다. 초대 통감은 사실상 일본 정계의 일인자였던 이토 히로부미였다. 1907년에는 강압적으로 정미조약을 맺었다. 그리고 즉시 모든 장관을 조선인 허수아비로 세워 놓고, 일본인 차관을 데려다 앉힘으로써 행정 전반을 완전히 장악했다. 군대를 해산하여 조선을 병탄할 준비를 완료했다.

우리 아버지는 청나라와 벌인 영토 전쟁의 패장이었다. 봉오동을 우리 집안의 보금자리로 정할 때, 우리 삼부자는 언제 있을지 모르는 일제와의 한 판 승부를 염두에 두었다. 형과 나는 이미 중국군에서 장교 생활을 하면서 '승리하는 군대'의 특징을 잘 알고 있었다. 그리고 크고 작은 전투를 지휘한 경험이 있어서 군사학의 기본 지식은 물론이고, 전술·전략을 짜고 수행할 수 있는 역량도 갖추고 있었다. 아버지는 자식들의 그 역량을 소중하게 여겼다. 그래서 우리는 북간도 최고의 요새 지역을 우리 집안의 새 터전으로 정할 수 있었다.

1910년 8월 29일, 일제는 마침내 우리 조선을 통째로 집어삼켰다. 마치 예정된 순서 같았다. 그리하여 우리 2천만 민족은 나라를 잃은, 망국의 노예집단이 되었다. 두만강을 넘는 젊은이가 경술국치 이후에 급증했다. 생계형 월경인구도 있었지만, 나라를 되찾아야겠다는 뜨거운 마음으로 넘어온 사람이 더 많았다. 그들 가운데 정착 비용을 들고온 사람은 거의 없었다.

우리 동포들의 경제공동체인 봉오동 신한촌은 날로 발전했다. 나는 만주 일대에서 최초이자 최대의 생필품 산업을 일으킨 사람이 되었다. 하루 동안 번 돈을 세는데, 사흘이 걸렸다. 그 큰 농장에서 나오는 한 달치 수입이 공장에서 나오는 하루 수입보다 적었다. 경제 규모가 커지면 사람들이 요지(要地)에 밀려들어온다. 이는 자연의 법칙이다. 그러면 주택단지가 필요하고, 땅값이 치솟게 된다. 이 역시 법칙이다. 나는 땅부자였기 때문에 농장 공장 목장의 수입도 많았지만, 땅값 상승으로 버는 돈은 상상을 초월했다. 만주는 조선반도 면적의 여덟 배이고, 북간도

만 해도 남한 면적의 두 배다. 나는 서른 살 되기 전에 만주 갑부 소리를 들었다. 갑인지 을인지 따질 일은 아니었지만, 그렇게 불렸다. 북간도 갑부는 맞는 말이었다.

나는 사업 규모가 무척 커져서 보위단 간부직을 더 이상 수행할 수가 없었다. 그 무렵, 마적들이 우리 봉오동 신한촌을 종종 침략했다. 인정사정 보지 않는 떼강도라서 매우 위협적이었다. 어느 날 내가 장작림에게 말했다. "우리 봉오동 신한촌에 자위 부대를 운영하려고 합니다. 내가 보위단에서 훈련하고 있는 병력 가운데 100명 정도를 차출하여 우리 한인공동체를 지켜야겠습니다." 그는 흔쾌히 동의하였다. 나는 아주 듬직한 자위 부대를 만들었다. 우리 봉오동 사람들은 모두 기뻐했다, 1912년이었다.

나는 우리 병력에게 그들이 보위단에서 복무할 때보다 대우를 두 배로 높여주었다. 그들은 고마워하고 또 만족해했다. 당연히 훈련의 강도와 수준도 높였다. 그들은 보위단 시절, 크고 작은 전투 경험이 많은 정예 병력이었다.

아무리 힘든 훈련에서도 나의 지휘를 잘 따랐다. 무기는 내가 노령에 드나들면서 들여왔다. 당시로서는 세계 최고의 성능이었다. 값도 최고가였다. 마적들이 아무리 많이 몰려오더라도, 아군은 매번 일당백의 전투력을 발휘하여 압도적으로 물리쳤다. 봉오동 한인공동체는 비교적 평화로웠다.

나는 보위단을 나오자마자 독립군 양성을 목적으로 '봉오동 사관학교'를 건학했다. 국치일 이후, 나라의 처지는 나날이 최악을 갱신하는 슬픈 지옥으로 변해 갔다. 위급했다. 국경을 건너오는 청년들 가운데, 독립운동에 뜻을 품은 요원들을 받아서 기초 훈련을 시켰다. 일제의 감시를 피하여 비밀리에 운영해야 했다. 보위단 시절에 내가 유능하다고 평가했던 장교들과 만주 지역에서 신망이 높은 독립군 지도자들을 교관으로 영입했고, 사격술과 무술의 지도는 내가 맡았다. 젊은 생도들의 눈빛을 보고 있으면, 그토록 힘들게 버텨내던 시간에도 저절로 희망이 샘솟곤 했다.

1915년, 나는 마침내 자위 부대를 독립군 부대로 전환하는 결단을 내렸다. 부대 이름은 '도독부'. 이 부대는 봉오동 신한촌 한인공동체를 위하여 마적을 무찌르다가, 빼앗긴 나라를 되찾는 독립군 부대로 임무가 격상된 것이다. 나쁜 놈들을 물리치는 무력이라는 점에서, 기능적으로 특별히 바뀐 것은 없다. 그들은 민족해방군이 된 후로 자세가 크게 달라졌다. 나는 그런 변화를 보면서 눈물을 자주 흘렸다. 나는 도독부 병력과 함께 숲을 벌목하여 대형막사 3개 동을 지었다. 경사지를 평탄 작업하여 대형 연병장을 만들었다. 도독부 본부를 중심에 두고, 그 주변에는 두께가 1미터가 넘는 대규모 토성을 쌓았으며, 네 귀퉁이에 대포를 설치했다.

봉오동은 군사기지가 되기 전에 우리 동포들의 경제공동체였다. 내 사업은 세 분야(농장, 목장, 생필품 산업)인데 서로 경쟁하듯 나날이 번창했다. 노령에 드나들면서 친구가 된 노군(露軍) 고위 장교들의 요청으로 곡물과 육우를 대량으로 군납하기도 했다. 수출로 발생하는 수입의 대부분은 무기 구매에 썼다. 돈을 많이 벌었기 때문에 의로운 독립운동가들을 도울 수 있었다. 나는 그게 참 좋았다. 이준, 이상설, 안중근 같은 큰 인물들과도 의기투합했다. 당연히 큰돈을 지원했다. 그 외에도 일일이 언급하기 어려울 정도로 많은 애국지사를 후원했다. 돈벌이가 잘되어 나는 아무리 많이 써도 줄지 않고 언제나 넘치는 저수지를 가진 사람 같았다. '민족해방을 위하여 그보다 더 큰 에너지가 또 어디 있겠는가.' 이런 생각을 할 때마다 흐뭇한 마음이 들었다.

1919년 3월 1일. 기미 독립만세운동이 일어났다. 그 열기가 삼천리 반도의 산하를 가득 채웠다. 우리는 한양에서 전달받은 열기를 연길에서 이어갔다. 나는 3월 말에, 형 진동과 함께 왕청 백초구의 독립선언식을 준비했다. 이에 수천 명의 동포와 중국 사람들까지 합세한 대규모 만세시위를 이끌었다. 나중에 일제 경찰이 집회의 참가자 숫자를 1,500명이라고 보고한 것을 보며, '1만 명이 넘었겠구나.' 하고 생각한 적이 있다. 나는 북간도에서 동포들이 집단거주하는 지역을 돌며 독립만세 시위를 이어갔다. 3월부터 5월까지 40회가 넘는 집회를 이어갔다.

만세운동의 열기가 식어갈 무렵, 내가 몇 년 전 봉오동 신한촌 사병부대를 독립운동 부대로 목적을 변경하면서 확대개편했던 도독부를 '대한군무도독부'라 개칭하고 병력을 재차 확충하여 신설 독립군 부대로 창립했다. 1919년 4월이었다. 이 대한군무도독부가 바로 상해임시정부, 즉 대한민국정부가 인정한 제1호 정규 육군이었다. 나는 그때까지 중국군에서 복무하던 형(최진동)에게 이 부대의 사령관을 맡겼다. 나는 참모장을 맡았고, 동생 치흥이 핵심 참모가 되었다. 우리 삼 형제가 민족해방을 위하여 목숨을 내놓은 것이다. 비용은 모두 내가 댔다. 나는 이 점에 대해서 자부심이 아주 컸다. 민족해방군이지만, 사병부대인 최운산 부대가 공식적으로 최초의 정규군 부대로 격상되었으니, 얼마나 감격적인 일인가. 우리 역사는 이 사실을 한 줄도 기록하지 않았다.

한편, 나는 1919년 12월. 연말에 대종교 지도자인 백포 서일 총재와 함께 대한북로군정서를 창설했다. 부대 부지와 연성소(훈련소) 부지는 모두 내 땅이었는데, 부대는 왕청현(汪淸縣) 서대파에, 연성소(훈련소)는 십리평에 각각 들어섰다. 우리 두 사람이 상의하여 김좌진을 훈련소장으로 임명하였다. 소요 비용도 전부 내가 댔다. 이 역사적 사실에 관해서도 우리 역사는 단 한 줄도 기록하지 않았다.

내가 서일을 처음 만난 때는 1911년 겨울이었디. 그는 20년이나 연상인 동지 현천묵과 함께 무장투쟁을 하려고 두만강을 건넜다. 당시 독립운동하려고 북간도에 들어오는 사람들은 나를 찾아왔다. 백포도 그런 사람들 가운데 하나였다. 하늘이 맺어준 인연이었다. 내가 국민회군의 안무 장군과 회의를 하고 있는데, 초병이 그들을 데리고 들어왔다. 놀랍게도 그 자리에서 내가 절대적으로 신임하는 안 장군과 서일이 죽마고우라는 것을 알게 되었다.

진짜인지 가짜인지를 확인하는 일이 필수적이었지만, 나는 그 검증 과정을 생략하고 즉시 두 가족이 거처할 곳을 정해서 우리 대원들이 안전하게 모시도록 조치했다.

두 사람은 내가 마련해준 거처와 활동 무대를 기반으로 하여, 대종교를 일으키는 일(중광, 重光)이 우선이라고 판단하고, 그날부터 장장 9년 동안 교세 확충에만 전념했다. 대한북로군정서는 그렇게 창설된 것이다. 대원들의 대부분은 대종교 신도였다.

1920년 1월이었다. 나는 1차 세계대전 기간에 연해주에 주둔했던 체코군이 종전을 맞아 귀국한다는 소식을 접했다. 나의 여러 부지 가운데 석현 땅을 급매하여 5만 원을 만들어 그쪽 책임자를 만나서 무기를 대량 구매했다. 1회성 지출로는 거금이었다. 우당 이회영家가 들고 들어온 돈이 40만 원이었다. 그때 나의 새해 목표는 국내 진공 작전을 강화하는 것이었다. 그래서 연초부터 6월 초까지 쉬지 않고 일본 헌병대와 국경수비대를 공격했다. 아마

30회 넘게 공격했을 것이다. 기습이었기 때문에 백전백
승이었다. 일본군은 이성을 잃고, 복수할 날을 기다렸다.

나는 국내 진공 작전을 벌이면서, 한편으로는 북간도
의 무장투쟁 독립운동단체들을 통합하는 일을 추진했다.
연초부터 논의를 시작하여 5월 19일에 결론이 났다. 여
러 차례 난관이 있었지만, 결국 대중소 10개 단체가 대한
북로독군부라는 통합군단으로 단일 지휘 체계를 갖추기
로 한 것이다. 통합의 전제 조건은 나 최운산이 그 거대군
단의 식의주(食衣住)는 물론, 무기 확보, 훈련에 들어가
는 모든 비용을 책임지는 것이었다. 나 자신은 물론, 우
리 가족에게도, 봉오동 신한촌에도, 군무도독부에도, 민
족에게도 마지막이라는 절박한 심정이었다. 그래서 고민
하지 않았다. 나는 전 재산을 민족해방의 위대한 목표를
위하여 희사하기로 결정했다. 형 최진동에게 총사령관직
을 맡겼다.

1920년 6월 7일.

우리 역사는 그날의 전쟁을 '봉오동전투'라고 기록한다.

1년 전, 일제의 압제가 극에 달하여 활화산처럼 터진 1919년 3·1독립만세운동, 4월 11일 임시정부 수립에 이어, 임정이 1920년 1월 3일, 거족적 무장투쟁 원년을 선포했다. 우리 북간도 독립운동단체들은 대한북로독군부로 통합되어, 배수진을 치고 전투를 치렀다. 아군이 완승했다. 적은 망지소조(罔知所措, 어디로 가야 할지 방향을 정하지 못함)의 오합지졸로 흩어져 일패도지(一敗塗地, 완패하여 다시 일어설 수 없는 처지)하고 말았다. 온겨레가 짙은 패배감에 젖어 있던 절망의 시간에, 2천만 동포의 가슴을 뛰게 하는 쾌거였다. 죽었던 민족이 다시 살아난 것이다.

이 위대한 승리에 관한 역사는 그 후 대략 50년 동안 누구도 언급도 하지 않다가, 남쪽에서 어떤 정치적 계기가 있었는지, 이름 있는 사학자들이 글을 쓰기 시작했다. 그날 전쟁에서 우리는 모두 혼연일체가 되어 목숨을 내놓고 싸웠다. 그 외중에 다수의 아군이 죽었고, 중경상자도 100명이 넘었다. 그렇게 우리 독립군 전우들의 희생이 이룩한 위업을 한 사람에게 몰아주는 일은 진상규명 이전의 윤리적 사안이다. 심각하고 씁쓸한 일이다.

　나는 이제 서술을 마무리하겠다. 이후 청산리전투 장에서부터 내가 죽을 때까지의 역사는 이미 길게 기록되어 있다. 같은 얘기를 반복하는 일은 불필요하다. 저자는 '나는 최운산이다'라는 책 제목에 걸맞게 나 최운산과 봉오동의 역사에 대한 올바른 기록을 충분하게 남겼다. 사료 부족이라는 현실을 고려하면 그저 고마운 마음뿐이다.

　몇 마디만 더 남기고 마치겠다.

　나는 봉오동전투의 공로를 놓고 글을 쓰거나 강의하는 사람들이 서로 적대적으로 겨루듯 공방을 하는 것도, 그 과정에서 나 최운산이 논쟁의 재료로 쓰이는 것도 원치 않는다. 삼가주기를 부탁한다. 시간이 지나면, 역시 모든 것이 사필귀정(事必歸正)이었다는 결론을 만나게 된다. 사마천 선생도 같은 말을 했다. 그를 존경하는 후대의 사가는 이를 '史筆歸正'이라고 쓰면서, 역사가의 붓(史筆)은 끝내 올바름을 향한다(歸正)는 멋진 어록을 남겼다.

나는 독립운동하는 동안 여덟 개의 이름을 번갈아 쓰고, 수시로 변장했다. 사선을 넘나들 때, 여섯 번씩 감옥에 들어가서 차라리 죽는 게 낫겠다는 생각이 들 정도로 혹독한 고문을 당할 때, 간도참변과 자유시참변을 겪으면서 무수한 동포들과 혈맹의 동지들이 죄없이 죽는 것을 목도할 때, 심지어 장남 봉우가 유학 중에 학병 징집을 거부하고 일본에서 도망쳐 왔다가 붙들려 가서 빈사 상태로 들것에 실려 나왔을 때조차 나를 지탱한 힘은 우리는 반드시 일제를 무찌르고 독립한다는 확고한 신념이었다. 나는 사필귀정을 믿고 평생을 싸웠다.

우리 민족이 하나가 되어, 오늘날 세계가 본받으려고 하는 기운을 함께 누리기를, 그리고 그 힘을 다시 출현한 천박한 제국주의와 사악한 패권주의를 부끄럽게 하는 품격 높은 세상의 바탕으로 삼기를 간절하게 바란다.

봉오동

최운산

『나는 최운산이다』는 개인사와 가족사가 민족사의 감동적인 일부였던 최운산과 그 특별한 가족에 관한 이야기다. 정독한 독자들은 이 집안의 역사가 그 자체로 북간도 독립운동사의 알짬이라는 사실을 거부감 없이 받아들일 것이다. 그간 우리가 알고 있던 상식과 달리, 그 최고 공로자는 최운산 장군이었다는 주장과 근거, 그리고 설명과 논리 전개에 대해서도 수긍할 것이다.

나도 당연히 윤석열과 그 패거리의 홍범도 장군에 대한 패륜행위에 분노했다. 부관참시나 다름없는 나쁜 정치를 혹독하게 비판했다. 그 후 나는 검찰이 나를 뒷조사했다는 사후 통보를 받고서야, 블랙리스트에 올라 있었다는 사실을 알았다. 그런 사람이 이 책에서 '봉오동=홍범도' 등식에 대해서 문제 제기를 강하게 한 것이다. 크든 작든 문제가 있고, 지적하는 내용이 근거 있고 합리적이면, 바로잡는 것이 옳다.

최운산의 직손들은 전문 연구자들에 비하여 좀 부족하기는 하겠지만, 말이 되지 않는 얘기를 할 사람들이 아니다. 나는 그들의 주장을 신뢰한다. 그들이 10년 동안 정성을 다하여 찾아내고 모으며 맞추어 보고 거기에 의미를 부여하며 설득력을 더해온 자료들에 대해서 아무런 거부감이 없었다.

나는 신주백 박사의 '석고화된 기억'에 관한 논문들을 읽고 나서, '어려운 작업이겠지만, 한번 해보자!'라고 맘먹고 나서 쓰기 시작했다. 그의 주장은 100년 전 만주에서 벌어진 그 전투의 해석에만 국한되지 않을 것이다. 국사든 세계사든 고대사든 중세사든 근현대사든 구분 없이, 두루 적용될 수 있는 좋은 이론이라고 생각한다.

여러 차례 강조했지만, 봉오동전투의 압승은 어느 위대한 장수의 신묘막측한 역량으로 이루어진 위업이 아니다. 참전 병력 전원이 목숨을 걸고 싸워 이긴 승리였다. 나라를 잃은 노예나 다름없던 2천만 동포들의 우울한 하늘 위에서 한낮의 태양보다 더 밝게 떠올라 타던 희망의 조명탄이었다. 참으로 감격적인 사건이었다.

그런데 영웅사관에 익숙한 역사 서술 방식의 전통 안에서 우리의 고명한 역사가들은 '독립전쟁 1회전' 완승의 공로를 홍범도에게 몰아 주었다. 그래서 오늘날 이 나라 사람들은 남녀노소 할 것 없이 누구나 '봉오동=홍범도'라는 등식을 진리처럼 믿고 산다. 그 봉오동의 역사에 짙푸르게 덮여 있던 오류의 이끼가 조금씩 벗겨지고 있다. 산골 계곡에 다리 하나 놓는 일도 그 동네 힘센 장정 혼자서 다 할 수 없는 법이다.

『나는 최운산이다』의 출간을 계기로 우선 '봉오동史'와 최운산 장군에 대한 사회적 관심이 높아지기를 소망한다. 북간도 무장투쟁 독립운동사는 역사적 진실에 조금이라도 더 가까이 다가서게 될 것이기 때문이다. 그렇게 된다면 얼마나 좋은 일인가. 나도 덩달아 큰 보람을 느낄 것이다. 하늘에 계신 장군께서도 흐뭇해하실 것이다.

글을 끝맺으면서 꼭 거명하고 싶은 분들이 있다.

도서출판 일송북의 천봉재 대표는 역사학도로서 봉오동전투에 대한 관심이 큰 분이다. 그의 혜안 덕분에 세상 사람들이 잘 알지 못하는 최운산 장군이 우리나라 출판 역사상 이제껏 없었던 특별기획 '한국 인물 500인' 총서의 일원이 된 것이다. 너무나 옳고 다행스러운 일이지만, 한편으로는 하나의 '특혜'라고 생각한다.

작업 기간 내내, 최운산 장군의 두 손녀(최성주·은주 자매)의 도움을 받았다. 그들은 여러 차례 읽고 꼼꼼하게 바

로잡아 주었다. 『나는 최운산이다』는 물론 그 집안의 일이
기도 하다. 그리고 당대의 큰 지성 이래경 '다른 백년' 이사
장(국민주권정부 위원장)이 초고를 읽고 나서 들려준 우
리 독립운동사, 특히 항일 무장투쟁사 이야기는 매우 유
익했다. 국회 교육위원회의 위원장인 김영호 의원(최운
산장군기념사업회 이사장)의 관심과 격려 또한 큰 힘이
되었다. 귀한 친구 진자우 선생은 작은 것부터 큰 것까지
바로잡아 주었다. 페이지마다 깨알 같은 글씨로 메모를
하고, 컬러 테이프로 표기해서 소포로 보내왔다. 소중한
선물이었다. 이 여섯 분께 고마운 마음으로 절을 올린다.
나의 딸 상우, 아들 현석, 울펑이가 이 책을 완독하고 친구
들에게도 선물하면 좋겠다.

한민족의 정체성을 만든 인물들을 통해, 삶의 지혜와 미래의 길을 연다.

고대 배달 민족의 얼인 고대 동아시아 지배자

대동 세상을 열려는
너희 본디 마음이 나 치우다

"나는 천산산맥 넘어 해 뜨는 밝은 곳을 향해 내려와
신시 배달국을 열었다. 너도 하느님 나도 하느님, 너도 왕이고
나도 왕이니 서로서로 섬기는 대동 세상 터를 닦고 넓혀왔다.
하여 뭇 생명이 즐겁고 이롭게 어우러지는 세상을 열려는
너희 본디 마음이 곧 나일지니."
- 치우천황이 독자에게 -

이경철 지음 I 값 14,800원

근세 현모양처의 대명사인 한 여성의 삶과 꿈

많이 알려졌어도 실제
내 삶을 아는 사람은 드물구나

"나만큼 많이 알려진 인물도 없다. 그러나 나만큼 제대로
알려지지 않은 인물도 없다. 율곡의 어머니, 겨레의 어머니,
현모양처의 모범과 교육의 어머니로 많이 알려졌어도
실제 내 삶이 어떠했는지 아는 사람은 거의 없다.
나는 내 삶을 바르게 살고 싶었을 뿐이다."
- 사임당이 독자에게 -

이순원 지음 I 값 14,800원

근대 지킬 것은 굳게 지킨 성인군자 보수의 표상

'완전한 인간'을 위한
자기 단련의 길이 나 퇴계다

"나는 책이 닳도록 수백 번을 읽었다. 그랬더니 글이
차츰 눈에 뜨였다. 주자도 반복해서 독서하라고
이르지 않았던가? 다른 사람이 한 번 읽어서 알면,
나는 열 번을 읽는다. 다른 사람이 열 번 읽어서
알게 된다면, 나는 천 번을 읽었다."
- 퇴계가 독자에게 -

박상하 지음 I 값 14,800원

근대 · 보수의 대지 위에 뿌린 올곧은 진보의 씨앗

바꾸자는 개혁의 길
너의 생각이 나 율곡이다

"나라는 겨우 보존되고 있었으나, 슬픈 가난으로
시달리는 백성들은 온통 병이 깊어 숨이 넘어갈
지경이었다. 백척간두에 선 채 바람에
이리저리 위태롭게 흔들리고 있었다.
내가 개혁을 외치고 나선 이유다."
- 율곡이 독자에게 -

박상하 지음 l 값 14,800원

현대 · 모국어로 민족혼과 향토를 지켜낸 민족시인

깊은 슬픔을 사랑하라

분단의 태풍 속에서 나는 망각의 시인이었다.
하지만 한국의 독자들은 다시 내 시에 영혼의 불을 지폈다.
나는 언제나 외롭고 높고 쓸쓸한 시인이다.
- 백석이 독자에게 -

이동순 지음 l 값 14,800원

현대 · 남북한과 동서양의 화합을 위해 헌신한 삶과 음악

남북통일과 세계의 화합과
평화를 염원하며 작곡했다

"나는 남한과 북한, 동양과 서양, 고전과 현대의 경계에 서서
화합을 모색해 왔다. 우리 민족혼을 바탕으로 민주화와
통일을 갈망했고 세계가 전쟁과 핵 공포에서 벗어나
평화와 평등의 세상으로 나가기를 바랐다.
내 음악은 이 모든 염원의 표상이다"
- 윤이상이 독자에게 -

박선욱 지음 l 값 14,800원

근세 — 여성 최초 상인 재벌과 재산의 사회 환원

가난을 돌이킬 수 없는 수치로 여겨라

어진 사람이 나랏일에 간여하다가도 절개를 위해 죽는 것이나,
선비가 바위 동굴에 은거하면서도 세상에 이름을
떨치게 되는 건, 결국 자기완성이 아니겠느냐.
여성의 몸으로 내가 상인으로 나선 이유도
이와 다르지 않다."
- 김만덕이 독자에게 -

박상하 지음 | 값 14,800원

고대 — 민족의 고대사를 개창한 건국 여제

내가 바로 고구려, 백제를 건국한 왕이다

"나는 졸본부여의 왕재로 태어나, 추모와 함께 고구려를
건국하였으며 다시 두 아들과 함께 남하하여 백제를 건국하였다.
역사서에 나를 일컬어 왕이라 하지 않았으나,
엄연히 나라를 개창하여 백성들을 위한 정치를 펼쳤으니
더 이상 나의 존재를 부정할 수 없으리라."
- 소서노가 독자에게 -

윤선미 지음 | 값 14,800원

고대 — 신라의 중흥을 이룬 대장군

위대한 장수는 싸우지 않고 이기는 전투를 한다

전장에서 적을 베는 것보다 싸우지 않고 이기는 장수가
지혜로운 장수다. 적국의 백성도 나라를 달리하면
모두 제 나라의 백성이다. 권력을 탐하는 자는
신의를 저버리나 백성은 그저 순리에 따를 뿐이니,
현명한 장수는 백성을 살리는 전투를 한다.
- 이사부가 독자에게 -

김문주 지음 | 값 14,800원

고대 — 신화적인 삶을 산 한민족사의 큰 어른

나는 조선인이고, 부여인이며, 고구려인이다

여러분의 말 속, 정신 속에는 나의 삶이 조금씩 배어 있다.
조상이 무엇인가? 역사의 거름이 되는 게 아닌가?
어려운 시기가 오고 있네만 나를 거름으로 삼아
후손들을 위해 맑고 기름진 거름이 되게나.
- 해모수가 독자에게 -

윤명철 지음 | 값 14,800원

현대 — 타는 목마름으로 연 민주화와 흰 그늘의 길

더 나은 세상을 위해 진흙창 속에 핀 연꽃, 십자가가 되려 했다

"나는 개벽을 향한, 부활을 향한 민중의 고통에 찬
전진 속에서, 내게 주어진 진흙창 삶 속에 피우는 연꽃이
되려 꿈꿨다. 내게 주어진 십자가를 지고 민중과 함께
있기를 소망했다. 민중의 한 사람인 내가 꿈꾼 이런 소망이
어느 시대, 어느 세상에서든 좀 더 나은 세계로 건너가는
징검다리 돌 하나가 됐으면 좋겠다."
- 김지하가 독자에게 -

이경철 지음 | 값 14,800원

현대 — 백석 시인을 사랑했던 조선권번 기생

저는 백석 시인의 뜨거운 사랑을 받았습니다

그 험하고 가파른 세월을 무탈하게 살아올 수 있었던 것은
오로지 제 나이 22세 때 만나 서로 뜨겁게 사랑했던
백석 시인의 고결한 영혼 덕분입니다.
- 김자야가 독자에게 -

이동순 지음 | 값 14,800원

현대 | 시작부터 남달랐던 삼성을 키워낸 또 다른 재才의 세계

자본도 경험도 없이 역사 앞에서
첨단산업으로 지구촌을 지배하다

"나는 어떤 큰 자본을 갖고 시작한 게 아니었다. 별다른 기술이나
남다른 경험이 있었던 것도 아니었다. 인맥이나 학맥조차
따로 가졌던 게 아니었다. 미래는 소심하게 머뭇거리는
자의 것이 아니라 용기 있게 나서는 자의 것이라는
신념 하나만으로 세상에 내 자신을 내던졌던 것이다."
- 이병철이 독자에게 -

박상하 지음 | 값 14,800원

현대 | 자본도, 기술도, 경험도 없이 현대를 키워낸 신념의 세계

폐허와 공허 속에서 오로지
맨주먹으로 현대를 일으켰다

"나는 물려받은 유산도, 마땅한 기술도, 변변한 경험조차 없이,
한 치 앞을 내다보기 어려운 역사의 격랑 속으로 뛰어들지 않으면
안 되었다. 거기에다 선발 자본이나 기업에 비하면 턱없이
뒤늦은 출발이 아닐 수 없었다. 젊은 날의 나는 그저 이름 없는
무명의 선수로 어렵사리 출발 선상에 등장할 수 있었을 따름이다."
- 정주영이 독자에게 -

박상하 지음 | 값 14,800원

중세 | 통일 왕조의 군주로 우뚝 선 온건한 지도자

10세기 한반도의 분열을 딛고
통일국가 고려를 개국한 창업 군주

"나는 후삼국 통일을 위한 최후의 전쟁에서 승리한 뒤 고려를
건국했다. 고구려 계승 의지를 선포하며 북방정책을 펼쳤고
백성들의 구휼에도 힘썼다. 발해 유민들을 끌어안고 지방 호족들을
통합하여 민족의 융합과 동질성 회복을 위해 최선을 다했다."
- 왕건이 독자에게 -

박선욱 지음 | 값 14,800원

고대 · 영원히 지지 않는 충의 상징

무(武)의 궁극은 남을 해하는 것이 아니라 자신을 이기는 데 있다.

우리가 전장에 나간 것은 적을 베고자 함이 아니라
백성을 살리고 백제를 구하기 위함이었다.
이것이 무의 본질이고 나의 충이다.
- 계백이 독자에게 -

김문주 지음 | 값 14,800원

근대 · 독립운동에 천문학적 재산 헌납

**2천만 겨레의 한을 되갚았던 봉오동의 승전보,
나 최운산이 밝히는 봉오동 전투의 진실!**

"나는 독립군 전원에게 총포화기와 식의주(食衣住),
그 일체의 비용을 위해서 전 재산을 내놓았다."
- 최운산이 독자에게 -

오세훈 지음 | 값 14,800원